超越**50**音
前進
N5

目次

Chapter 4　前進日本基礎會話

前言　千里之行，始於足下

學習五十音，有很多種方法，可以對照羅馬拼音，可以硬背強記，也可以在遊戲與歌唱中熟悉。而我習慣探究事物的源頭，再以源頭出發，了解演化的每一過程，演化的結果，對自己因此有了意義。教學日語，當然也不例外。

學習日語，一定先從五十音開始，學習五十音，也一定要從源頭入門，無論五十音的平仮名與片仮名，字源都是源自中國文字，連發音都息息相關，這是身為台灣人學習日語的優勢。站在教學現場十一年，從字源入門五十音，可以為日語初學者帶來強大的信心與鼓勵，繼而產生興趣，找到學習的方法，進而每年挑戰日檢 JLPT，學習者有了前進的目標與節奏，接著到日本旅遊、遊學、留學、打工度假、就業，就水到渠成了。

教學五十音的同時，我通常輔以日常生活單字的學習，在單字中依據重音標示調整發音，等到五十音完整學習完畢之後，就可以輕鬆說出寒暄用語，購物旅遊等簡單會話，如同本書的編排，讓日語初學者達到點線面學習的全面開展。

語言與文化，就像肉身與靈魂。因此我總是堅持在五十音教學的同時，帶進文化的賞析，讓初學者了解日文文字源起，熟習五十音的讀音與寫法，再輔以日本文化與精神的基本面貌，儘管在還不很順暢朗誦的

發音與聲調中，讓初學者注入屬於自己的溫度，展開不一樣的人生。

我的工作，除了日語教學之外，也從事台灣與日本國際交流的事務。野田陽生先生，是我從事國際交流的工作搭檔，許多年的共事，讓我對台灣與日本有了更深入的了解。野田先生與我在台灣校園有過許多場台日文化的搭檔講座，我們在工作中互相學習成長，超越語言文化，有了一種心意相通的默契。因此在編輯教材時，力邀野田先生再次成為我的搭檔，我談日語學習，他談日本文化，國際事務繁重的他，立即義氣地一口答應。如同我們從事國際交流工作的初衷，讓彼此生命更加多元開闊。

因為日文，生活與工作中增添了豐富的日本色彩，「一語言，一世界」，是這樣立體展現在我的生命當中。書寫《超越 50 音，前進 N5》本書的每一分鐘，我心裡都抱持著感恩的心情。

生活因學習而美麗，生命因視野而精彩！

深深祝福大家。

陳亭如

本書使用方法

Step 1　Chapter 1　觀念篇
了解日本、認識日語，請先由此觀念篇著手，建立學習日語的基礎。

Step 1　Chapter 2　50 音一次上手　＜請搭配 MP3 光碟使用！＞
「用中文字源記憶日文仮名」

50 音總表　⎫
50 音字源表　⎭　➤ 先由圖表認識 50 音架構、50 音的中文字源，再
　　　　　　　　　進入 50 音詳細介紹。

2-1～2-6 平仮名：清音、鼻音、濁音、半濁音、促音、長音、拗音　⎫
2-7～2-12片仮名：清音、鼻音、濁音、半濁音、促音、長音、拗音　⎭

> 每個音有單獨的「中文字源演變過程」、「筆順教學」，以及「習字帖」。

> 各單元均有「單字練習」，認識一下這些音有哪些常用的單字，附有插圖幫助記憶。

> 各單元附有「小測驗」，複習該單元所學。

長音比較練習　⎫
聽重音分辨單字　⎭　➤ 特別針對最難的長音及重音分辨，加強學習。

外來語的短縮　⎫
特殊音　　　　⎬　➤ 有關片仮名外來語的使用，提供更詳細的介
文字的混合　　⎭　　紹。

> 學會了 50 音，驗收一下學習成果，複習是否將所有的音都記熟了。

Step 3　Chapter 3　帶著 50 音體驗日本文化

> 由各面向介紹日本文化，包含節日活動、日本緣起物、日本的禮儀、住宅、武術、詩歌，以及飲食文化。
> 體驗日本文化的同時，也順便認識日本文物的單字。

Step 4　Chapter 4　前進日本基礎會話　＜請搭配 MP3 光碟使用！＞

> 簡介和日本人交友、問候、觀光旅行、點餐、問路的基本句型、會話，以熟悉 50 音發音、練習會話，為日後文法句型做暖身。
> 為出發到日本旅遊觀光溝通做基礎準備。

Step 5　附錄　簡易日文輸入法

> 使用「日文輸入對照表」，就可以打字、寫 e-mail、上網搜尋資料，以及和日本朋友溝通。

■ 體例說明

本書之單字均標示重音，例如：

さかな（魚）　あい（愛）
せんせい（先生）　いもうと（妹妹）

　　日語中的清音、濁音、半濁音、促音、長音、拗音都是一個音一拍，片仮名的特殊音也是一個音一拍。重音是跟著仮名上的線條發出高低音，非大小聲。

Chapter 1
觀念篇

日文對於華人其實一點都不陌生，透過櫻子以下的觀念介紹，你會發現日文很親切，對日本、日語也會有更濃厚的興趣！

中文、日語、台語的羈絆——
台灣人學習日語的優勢

　　在我們學習日語時會發現，台語中有些字的讀音與日語相似。例如蘋果、書包、拖鞋、招牌⋯⋯等等。

　　但是，事實上日語的發音大多源自於中國，以前日本是沒有文字的。隋、唐時期，日本朝廷派出了遣隋使、遣唐使和學問僧至中國學習文字、文化、律令、典章、制度等等。當時首都的漢人們所說的語言是現在的台語（閩南語、河洛話），所以日本派過來的學者們自然就學到了隋唐時期台語的發音。後來，隨著唐代朝廷的衰敗，經歷內憂外患，連年征戰，原本居住在首都的漢人們逐漸南遷。因此，隋、唐時期在首都所使用的語言逐漸只有在南方使用。而從北方來的新統治者們所使用的語言，就成為了現代中國人所使用的語言。如果時空背景跳回唐朝，當時首都（長安）的漢人們應該是無法理解我們現在所使用的北京話。

　　當唐朝逐漸腐敗，日本也因為國家內部的關係，不再派出使者至中國。但是，當時曾派到海外的學者們將在中國的所學貢獻出來，因此，武士們要學習漢字才有出人頭地的機會。而後來的片仮名和平仮名也是起源於漢字。片仮名起源自中文的楷書；平仮名則起源自中文的草書。所以學習日語時，從每個仮名的字源學起，對我們而言，能快速掌握到日本文字的精髓。

　　如下面這則日文新聞，即使是無法看懂日文的台灣人，也可以猜得出大致上的文意，略知一二，足見日文與中文深厚的淵源。

甲子園は清原のためにあるのか

★第67回大会　植草貞夫・ABCアナウンサー

とっさに出た言葉でした。

第67回大会決勝で、PL学園（大阪）の清原和博さんが2打席連続で本塁打を放ちました。放送席のモニターに、ダイヤモンドを回る清原さんの顔が大きく映り、思わずこの言葉がマイクに出ていました。プロであることを忘れ、観客と一体化したのかもしれません。

当時は特にいい言葉だとは思いませんでした。でも、スター性のある清原さんにぴったりだったんでしょうね。

500試合以上、28回の決勝戦を実況しましたが、実況では同じ言葉を2回使えません。でも、このライブ感が楽しい。街中で呼び止められ、「テレビは映像のみで、実況はラジオを聴いています」と言われたことがあります。うれしかったですね。

観客は興奮した。選手は一戦に懸けている。だから甲子園ではちょっとオーバーな表現が似合うんです。甲子園は選手たちの「青春」。おかげで毎年、私にも青春が来ました。

最近は講演活動をしています。2年前、清原さんと対談する機会があり、「単なる本塁打を有名にしてくれて」と礼を言われました。

（構成・藤森かもめ）

第65〜67回大会で強打者ぶりを見せつけたPL学園の清原和博選手

うえくさ・さだお　80歳。元朝日放送（ABC）アナウンサー。1957年から甲子園の実況中継を担当。92年に退職後も、第80回大会まで実況を続けた。

日語和台語其實關係匪淺，以前日本人至中國學習中國人的智慧，所以現在在日本還可以看到許多中國祖先的技術結晶。透過學習日語，我們可以再一次重新發現祖先的智慧，融合古代和現代，中國、日本、台灣的文化，創造出新的未來。

日本文字四種類：
漢字、平仮名、片仮名、羅馬拼音

各位猜猜看：日本的文字有哪幾種呢？平仮名、片仮名、漢字，還有嗎？還有，羅馬拼音。現在在日本這四種文字都同時被使用著。例如以下這個簡單的句子就包含了這四種文字：

> 私 は HONDA の エンジニア です。

・私——漢字　　・HONDA——羅馬拼音　・エンジニア——片仮名
・は——平仮名　・の——平仮名　　　　・です——平仮名

我們就來看看這四種文字的介紹吧。

漢字 ▶▶

漢字，在古代剛傳到日本時，只有貴族中的男人和武士在書寫政府公文時會使用。日文的漢字可以分成五種：

1. 字形、字意和中文一模一樣的漢字。例如：春、夏、秋、冬、花、雨、富士山……等等。

2. 字形與中文相似，看到就大致上可以知道意思的漢字。例如：桜、大学、学校、社会……等等。

3. 漢字和中文字前後相反，字義和中文一樣的漢字。例如以下劃線劇：世界平和、自己紹介、公共施設……等等。

4. 字形和中文幾乎一樣，但是字意完全不同的漢字。例如：湯（熱水）、大家（房東）、会社（公司）、無料（免費）、大根（白蘿蔔）、人参（紅蘿蔔）、七面鳥（火雞）、蛇口（水龍頭）……等等。

5. 日本人自創的文字稱為：国字。例如：丼（裝蓋飯的大碗公）、
　 辻（十字路口）、峠（山頂）、榊（供奉神明的樹）……等等。

仮 名 ▶▶

　　仮名又是什麼呢？英文中，我們把每個最小單位的字，稱為
字母，英文字母總共有 26 個。而日文中，最小單位的字，稱為
「音」，總共有 50 個，因此我們稱為「50 音」。但是，現在因為
文字簡化的關係，其實只剩 46 個音。書寫時，英文會用大、小寫
來表示；而日文就用平仮名和片仮名來表示。仮名為什麼不叫真名
呢？真名，就是指漢字。仮名，是從漢字演變而來的，後來，弄假
成真，仮名反而成為了普遍使用的文字之一。

平仮名 ▶▶

　　平仮名，源自於中國文字中的草書。日本平安時代時，只有貴
族的女性才使用平仮名，因此，平仮名又稱為「女手」。現在，大
多數的台灣人會從平仮名開始學起。這是因為平仮名可以說是現代
日語中，最廣泛使用的文字。在橫書日文時，日本人會在漢字的上
面或是下面，用平仮名標出此漢字的讀音。例如：「愛」或是
「愛」。如果是直書，那麼可以表示漢字讀音的平仮名，就會被標
註在右邊。例如：「愛」。另外，在文章裡，平仮名也具有文法上
的功能（如助詞的使用，「は」「が」「で」「に」「を」……
等），因此，我們在學習日文時，一定要學會平仮名，才能讀懂日
語文章的涵義。

片仮名 ▶▶

　　片仮名，源自於中國文字中的楷書，以前是僧侶在誦經時所使
用的文字。而現在，片仮名則大多被用於外來語中。「外來語」，

就是指源自於日本本國以外的語言。例如：パン（麵包，源自於葡萄牙語）、アルコール（酒精，源自於荷蘭語）、シャツ（襯衫，源自於英語）……等等。透過外來語，日本人可以大量包容外國的文字與文化。因此從明治維新開始，日本人藉著文字學習到西方的思想、技術……等等，即使現今也是如此。日本的譯者用片仮名，將西方的文化盡可能真實呈現給全日本的人民。也因為片仮名原本就存在於日本的文字當中，透過片仮名，日本人可以快速吸收到西方的文化。而藉著外來語，日本人在學習英文時，可以更敏銳地抓住英文單字。

片仮名還可以用來表示日語的擬聲語、擬態語。例如：日文中狗叫聲就用「ワンワン」來表示、貓的叫聲是「ニャーニャー」、雞的叫聲是「コケコッコー」。其他還有如：肚子餓的咕嚕咕嚕，日語用「ペコペコ」來表示。而敘述滾來滾去的狀態，就用「ゴロゴロ」來表示。日語的片仮名是相當有趣的。

羅馬拼音 ▶▶

另外還有羅馬拼音。明治維新後出現的羅馬拼音，將日本文化傳遞至國外，使日本更容易與世界接軌。當日本企業進軍世界時，就用羅馬拼音來標示他們的品牌名稱。例如：TOYOTA（豐田汽車）、HONDA（本田汽車）、SHISEIDO（資生堂）……等等。

透過日文文字的豐富多元，日本人學習到中國和西方的文化，也將自己的民族精髓傳遞至國外。現在，我們透過學習日語，除了走進日本、體驗日本文化之外，還能藉著日語連結全世界。

1-3 四季日本・四季風情

春

　　常常有人問我：「什麼時候去日本最好玩？」我的回答都一樣：「無論什麼時候去，都好玩。」日本，四季分明。每一個季節，都有不同的特色。

　　提到日本，就令人聯想到櫻花。三月左右，日本的媒體上會出現「櫻前線」三個字。「櫻前線」，就是櫻花的開花預測線。從日本南端開始，一路往北推移，往前邁進。櫻花綻放的時期，日本人就會派出公司的新入

15

社員去櫻花樹下占位子賞花。去賞花時，大家會各自攜帶便當或是
糯米糰子、飲料、酒等食物到櫻花樹下，一邊聊天、唱歌、飲酒作
樂。當看到整片粉紅的櫻花花海時，內心的悸動就彷彿被雷電打到
一般，感動不已。

お酒

お花見

春天有哪些有特色的字詞呢？

・春 ・桜 ・桜前線 ・お花見 ・お酒 ・団子 ・暖かい
　はる　さくら　さくらぜんせん　はなみ　さけ　だんご　あたた

春夏交替時期，日本一樣有梅雨季，到處都濕答答的，還可能發霉。但是，梅雨所帶來的豐沛水量，為夏季耕種和用水做了相當好的準備。梅雨季一過，就是夏天了。日本的夏天很熱鬧。煙火、煙火晚會、祭典、浴衣、海邊、試膽大會；夏天的食物有：西瓜、剉冰、涼麵、鰻魚。熱鬧、豐富的夏天，是個令人期待的季節。

圖片來源／達志影像

圖片來源／達志影像

和夏天有關的單字，我們一起來學一下：

・夏 (なつ) ・海 (うみ) ・花火 (はなび) ・花火大会 (はなびたいかい) ・浴衣 (ゆかた) ・鰻 (うなぎ)
・氷 (こおり) ・かき氷 (ごおり) ・暑い (あつい)

17

秋

在台灣，大家對秋天的感覺是什麼呢？炎熱又或是涼爽呢？在日本，春天的時候有「櫻前線」；秋天就有「紅葉前線」。春天賞櫻；秋天就賞楓葉。滿山滿谷的楓葉，到處都是紅通通的，美不勝收。此時，著名賞楓地點的旅館可是一室難求呢！另外，在日本，秋天有很多名字，因為氣候秋高氣爽，適合進行文藝性活動也適合運動，因此，我們會稱秋天為：讀書之秋、藝術之秋、運動之秋。學校也會在此時舉辦文化祭、運動會。秋天，又稱為食慾之秋。因為秋天是豐收的季節，柿子、栗子、梨、地瓜、秋刀魚……等等，令人食指大動。

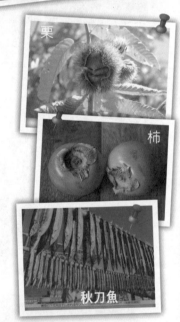

栗

柿

秋刀魚

和秋天有關的單字：

・秋_{あき} ・紅葉_{もみじ} ・秋刀魚_{さんま} ・栗_{くり} ・柿_{かき} ・涼しい_{すず}

　　冬天的日本，許多地方白雪靄靄，一片銀色世界。滑雪、打雪仗、堆雪人，令人不亦樂乎。二月時，在北海道的札幌還會推出雪祭典，一大片用雪雕刻出來的作品，令人讚嘆不已。還有，日本的冬天就是要躲在棉被覆蓋住的暖爐桌裡，一邊吃著橘子或是火鍋，一邊看電視。明治維新之後，日本人就改過新曆年，因此 12 月 31 日的除夕夜，全家人就會邊吃年菜邊看 NHK 的紅白歌合戰迎接新年的到來。

冬天少不了這些單字：

・冬 ふゆ　・雪 ゆき　・雪達磨 ゆきだるま　・雪合戦 ゆきがっせん　・雪祭り ゆきまつり　・お鍋 なべ　・寒い さむ

日本四季分明，因此日本人的生活容易順應大自然變化。食用當季飲食，作息有序有律。分明的四季影響日本人注意生活的小細節。在京都最著名的寺院之一——清水寺。當地的門票，一年四季，都有變化。春天——櫻花；夏天——綠葉；秋天——楓紅；冬天——白雪，小地方的留意，令人四季都想去造訪當地。日本四季不同的色彩，再加上處處用心的服務。我想：不管什麼時候造訪日本，都各有風情。

對身處亞熱帶的台灣人而言，日本的四季是豐富多彩的，然而當我們了解日本的四季風情之後，再回頭看日本的文化和生活面向時，就會有更深一層的領會。認識日本，可以從四季風情開始。

Chapter **2**

50音一次上手

日語 50 音其實不難,都是由中文字演變而來,熟悉其中文字源可以幫助我們更容易瞭解日文、更容易記憶,日後遇到相關的單字更容易聯想。

🌸 五十音總表

平仮名 》 🔊 01

清音

	a	k	s	t	n	h	m	y	r	w
a	あ	か	さ	た	な	は	ま	や	ら	わ
i	い	き	し	ち	に	ひ	み		り	
u	う	く	す	つ	ぬ	ふ	む	ゆ	る	
e	え	け	せ	て	ね	へ	め		れ	
o	お	こ	そ	と	の	ほ	も	よ	ろ	を

鼻音

n
ん

濁音

	g	z	d	b
a	が	ざ	だ	ば
i	ぎ	じ	ぢ	び
u	ぐ	ず	づ	ぶ
e	げ	ぜ	で	べ
o	ご	ぞ	ど	ぼ

半濁音

	p
a	ぱ
i	ぴ
u	ぷ
e	ぺ
o	ぽ

拗音

	k	s	t	n	h	m	r
ya	きゃ	しゃ (sha)	ちゃ (cha)	にゃ	ひゃ	みゃ	りゃ
yu	きゅ	しゅ (shu)	ちゅ (chu)	にゅ	ひゅ	みゅ	りゅ
yo	きょ	しょ (sho)	ちょ (cho)	にょ	ひょ	みょ	りょ

	g	z	d	b
ya	ぎゃ	じゃ (ja)	ぢゃ (ja)	びゃ
yu	ぎゅ	じゅ (ju)	ぢゅ (ju)	びゅ
yo	ぎょ	じょ (jo)	ぢょ (jo)	びょ

	p
ya	ぴゃ
yu	ぴゅ
yo	ぴょ

22

片仮名 (かたがな) ▶▶ ◀) 02

清音

	a	k	s	t	n	h	m	y	r	w
a	ア	カ	サ	タ	ナ	ハ	マ	ヤ	ラ	ワ
i	イ	キ	シ	チ	ニ	ヒ	ミ		リ	
u	ウ	ク	ス	ツ	ヌ	フ	ム	ユ	ル	
e	エ	ケ	セ	テ	ネ	ヘ	メ		レ	
o	オ	コ	ソ	ト	ノ	ホ	モ	ヨ	ロ	ヲ

鼻音

n
ン

濁音

	g	z	d	b
a	ガ	ザ	ダ	バ
i	ギ	ジ	ヂ	ビ
u	グ	ズ	ヅ	ブ
e	ゲ	ゼ	デ	ベ
o	ゴ	ゾ	ド	ボ

半濁音

	p
a	パ
i	ピ
u	プ
e	ペ
o	ポ

拗音

	k	s	t	n	h	m	r
ya	キャ	シャ (sha)	チャ (cha)	ニャ	ヒャ	ミャ	リャ
yu	キュ	シュ (shu)	チュ (chu)	ニュ	ヒュ	ミュ	リュ
yo	キョ	ショ (sho)	チョ (cho)	ニョ	ヒョ	ミョ	リョ

	g	z	d	b
ya	ギャ	ジャ (ja)	ヂャ (ja)	ビャ
yu	ギュ	ジュ (ju)	ヂュ (ju)	ビュ
yo	ギョ	ジョ (jo)	ヂョ (jo)	ビョ

	p
ya	ピャ
yu	ピュ
yo	ピョ

🌸 50 音字源表

平仮名字源表 ▶▶

	a	k	s	t	n	h	m	y	r	w	n
a	あ 安	か 加	さ 左	た 太	な 奈	は 波	ま 末	や 也	ら 良	わ 和	ん 无
i	い 以	き 幾	し 之	ち 知	に 仁	ひ 比	み 美	い 以	り 利	ゐ 為	
u	う 宇	く 久	す 寸	つ 川	ぬ 奴	ふ 不	む 武	ゆ 由	る 留	う 宇	
e	え 衣	け 計	せ 世	て 天	ね 祢	へ 部	め 女	え 衣	れ 礼	ゑ 惠	
o	お 於	こ 己	そ 曾	と 止	の 乃	ほ 保	も 毛	よ 与	ろ 呂	を 遠	

片仮名字源表 ▶▶

	a	k	s	t	n	h	m	y	r	w	n
a	ア 阿	カ 加	サ 散	タ 多	ナ 奈	ハ 八	マ 万	ヤ 也	ラ 良	ワ 和	ン 尒
i	イ 伊	キ 幾	シ 之	チ 千	ニ 仁	ヒ 比	ミ 三	イ 伊	リ 利	ヰ 井	
u	ウ 宇	ク 久	ス 須	ツ 川	ヌ 奴	フ 不	ム 牟	ユ 由	ル 流	ウ 宇	
e	エ 江	ケ 介	セ 世	テ 天	ネ 祢	ヘ 部	メ 女	エ 江	レ 礼	エ 慧	
o	オ 於	コ 己	ソ 曾	ト 止	ノ 乃	ホ 保	モ 毛	ヨ 与	ロ 呂	ヲ 乎	

平仮名　清音・鼻音　📣 03

學習技巧與規則 ▶▶

說明：　日語的五十音，是由「清音」所組成。「清音」中，有 **10** 個
行音，**5** 個段音，共 **50** 個音，故稱之。因為有些音已經不使
用，因此現在只剩下 **45** 個音。此外，還有一個鼻音，如下圖
所示。

10 個行音

あ行	か行	さ行	た行	な行	は行	ま行	や行	ら行	わ行
あ	か	さ	た	な	は	ま	や	ら	わ
い	き	し	ち	に	ひ	み		り	
う	く	す	つ	ぬ	ふ	む	ゆ	る	
え	け	せ	て	ね	へ	め		れ	
お	こ	そ	と	の	ほ	も	よ	ろ	を

5 個段音

あ段	あかさたなはまやらわ
い段	いきしちにひみ　り
う段	うくすつぬふむゆる
え段	えけせてねへめ　れ
お段	おこそとのほもよろを

行音 ↓

清音　　　　　　　　　　　　　　　　　　　　　　　　　　　鼻音

段音 →

あ	か	さ	た	な	は	ま	や	ら	わ		ん
a	ka	sa	ta	na	ha	ma	ya	ra	wa		n
い	き	し	ち	に	ひ	み		り			
i	ki	shi	chi	ni	hi	mi		ri			
う	く	す	つ	ぬ	ふ	む	ゆ	る			
u	ku	su	tsu	nu	fu	mu	yu	ru			
え	け	せ	て	ね	へ	め		れ			
e	ke	se	te	ne	he	me		re			
お	こ	そ	と	の	ほ	も	よ	ろ	を		
o	ko	so	to	no	ho	mo	yo	ro	wo		

あ行 🔊 04

あ	い	う	え	お

	發音	中國字源	中國字源演變

| **あ** | **a** |

安　安 → 安 → あ

記憶點

依然保留字源字形，發音也沿自字源。如：【安心（あんしん・a-n-shi-n）、安全（あんぜん・a-n-ze-n）】。

筆順

一　　せ　　あ　　あ

習字帖

あ　　あ　　あ　　あ

🌸 あ行 🔊 04

あ	い	う	え	お

	發音	中國字源	中國字源演變
い	i	以	以 → んら → い

		記憶點
		字源簡化，發音也沿自字源。如：【以上（いじょう・i-jyō）、以下（いか・i-ka）】。

筆順

↓し	し↗	い↘	

習字帖

い	い	い	い

あ行 ◀)) 04

あ	い	う	え	お

	發音	中國字源	中國字源演變
う	u	宇	宇→宇→う

記憶點

取自字源「宇」上面的蓋子「宀」，發音也沿自字源。如：【宇宙（う ちゅう・u-chū）】。

筆順

習字帖

あ行 ◀)) 04

あ	い	う	え	お

	發音	中國字源	中國字源演變
え	e	衣	衣 → え → え
			記憶點
		依然保留字源字形。	

筆順

ヽ	二	え	え

習字帖

え	え	え	え

🌸 あ行 ◀》04

あ	い	う	え	お

	發音	中國字源	中國字源演變
お	o	於	於 → 於 → お

記憶點

「於」河洛語（閩南語）的古音為「o」。

筆順

⌐	十	お	お

習字帖

お	お	お	お

🌸 邊學 50 音・邊學常用單字 🔊 05

あ行 ▶▶

あ行這五個音，來看看有哪些常用單字，聽 MP3 念念看。

あい
あい
愛　愛

あき
あき
秋　秋天

いか
いか
烏賊　花枝

いし
いし
石　石頭

うた
うた
歌　歌曲

うち
うち
家　家

え
え
絵　繪畫

えき
えき
駅　車站

おとこ
おとこ
男　男子

おに
おに
鬼　鬼

🌸 か行 ◀) 06

か	き	く	け	こ

	發音	中國字源	中國字源演變
か	ka	加	加 → 加 → か → か

記憶點

字源「加」變圓，右手邊口字邊演化成一點。發音與「加」的河洛語（閩南語）相近。如日本女孩名【美加（みか・mi-ka）、美嘉（みか・mi-ka）】。漢字「嘉」也包含「加」，所以發音一樣。

筆順

→ 一	つ	力	か

習字帖

か	か	か	か

🌸 か行 🔊 06

か	き	く	け	こ

	發音	中國字源	中國字源演變
き	ki	幾	幾 → 歩 → き

記憶點
字源「幾」簡化而來。而包含「幾」的漢字，發音也是一樣為「ki」，如【機械（きかい・ki-ka-i）】。

筆順

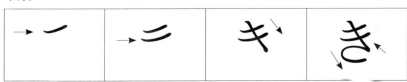

習字帖

き	き	き	き

か行 ◀》06

か	き	く	け	こ

	發音	中國字源	中國字源演變
く	ku	久	久 → 久 → く
		記憶點	
		取字源「久」右手邊。如日本女孩名【久美子（くみこ・ku-mi-ko）】。	

筆順

習字帖

く	く	く	く

🌸 か行 ◀》06

か	き	く	け	こ

	發音	中國字源	中國字源演變
け	ke	計	計 → 計 → け

記憶點
字源「計」演變而來，發音與「計」的河洛語（閩南語）相近。如【計算（けいさん・ke-i-sa-n）】。

筆順

↓	し→	け↓	

習字帖

け	け	け	け

❀ か行 🔊 06

か	き	く	け	こ

	發音	中國字源	中國字源演變
こ	ko	己	己 ➜ こ ➜ こ

記憶點
取字源「己」之上面部分。上面部分「コ」 再演化為「こ」。 如【自己（じこ・ji-<u>ko</u>）】。

筆順

→ ⁊	こ		

習字帖

こ	こ	こ	こ

🌸 邊學 50 音・邊學常用單字 🔊 07

か行 ▶▶

か行這五個音，來看看有哪些常用單字，聽 MP3 念念看。

かお
<ruby>顔<rt>かお</rt></ruby> 臉

かき
<ruby>柿<rt>かき</rt></ruby> 柿子

き
<ruby>木<rt>き</rt></ruby> 樹木

きもち
<ruby>気持ち<rt>きもち</rt></ruby> 心情；感受

くち
<ruby>口<rt>くち</rt></ruby> 嘴巴

くつ
<ruby>靴<rt>くつ</rt></ruby> 鞋子

けち
小氣

いけ
<ruby>池<rt>いけ</rt></ruby> 池塘

こし
<ruby>腰<rt>こし</rt></ruby> 腰

たこ
<ruby>蛸<rt>たこ</rt></ruby> 章魚

❀ さ行 🔊 08

さ	し	す	せ	そ

	發音	中國字源	中國字源演變
さ	sa	左	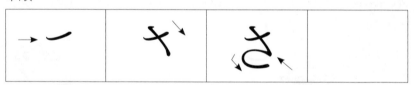
		記憶點	
		字源「左」演化而來。如【左右（さゆう・sa-yū）】、日本姓氏【佐々木（さ さき・sa-sa-ki）、佐藤（さ とう・sa-tō）】。	

筆順

→一	や	さ	

習字帖

さ	さ	さ	さ

✿ さ行 ◀) 08

さ	し	す	せ	そ

	發音	中國字源	中國字源演變
し	shi	之	之 → 之 → し
			記憶點
		字源「之」演化而來。如日本知名品牌【東芝（とうしば・tō-shi-ba）】。	

筆順

↓ㄱ	し		

習字帖

し	し	し	し

🌸 **さ行** 🔊 08

| さ | し | す | せ | そ |

	發音	中國字源	中國字源演變
す	su	寸	寸 → 寸 → す
		記憶點	
		字源「寸」演化而來。如耳熟能詳的日本料理代表【寿司（すし・su-shi）】。	

筆順

| → 一 | 十↓ | ↗す | す↓ |

習字帖

す	す	す	す

40

🌸 さ行 ◀)) 08

さ	し	す	せ	そ

	發音	中國字源	中國字源演變
せ	se	世	世 → 世 → せ

記憶點

字源「世」演化而來。如【世界（せかい・se-ka-i）】。

筆順

→ 一	十↓	廿	せ

習字帖

せ	せ	せ	せ

🌸 さ行 ◀)) 08

さ	し	す	せ	そ

	發音	中國字源	中國字源演變
そ	**SO**	曾	曾 → 芎 → そ

記憶點
字源「曾」演化而來。如【一層（いっそう・i-ssō）】。

筆順

→ 一	フ	ユ →	そ

習字帖

そ	そ	そ	そ

🌸 邊學 50 音・邊學常用單字 🔊 09

さ行 ▶▶

さ行這五個音，來看看有哪些常用單字，聽 MP3 念念看

さけ

酒　酒

さかな

魚　魚

しあい

試合　比賽

さしみ

刺身　生魚片

すし

寿司　壽司

すいか

西瓜　西瓜

せかい

世界　世界

せき

咳　咳嗽

そら

空　天空

うそ

嘘　說謊

🌸 た行 🔊 10

た	ち	つ	て	と

	發音	中國字源	中國字源演變
た	ta	太	太 → た → た
		記憶點	

字源「太」演化而來。如【太陽（<u>た</u> <u>い</u> よう ・<u>ta-i-yō</u>）】。

筆順

一	け	た	た

習字帖

た	た	た	た

た行 🔊 10

た	ち	つ	て	と

	發音	中國字源	中國字源演變
ち	chi	知	知 → わ → ち
		記憶點	
		字源「知」演化而來。如【知恵（ちえ・chi-e）】。	

筆順

→ 一	← け	ち	

習字帖

ち	ち	ち	ち

た行 🔊 10

た	ち	つ	て	と

	發音	中國字源	中國字源演變
つ	tsu	川	川 → ⺌ → つ
			記憶點
			字源「川」演化而來。

筆順

→ ⌒	つ⟩		

習字帖

つ	つ	つ	つ

46

🌸 た行 🔊 10

た	ち	つ	て	と

	發音	中國字源	中國字源演變
て	te	天	天 → ⺶ → て

		記憶點
		字源「天」演化而來。如【天気（<u>て</u>ん き・<u>te</u>-n-ki）】。

筆順

→ 一	て ↘		

習字帖

て	て	て	て

❀ た行 🔊 10

た	ち	つ	て	と

	發音	中國字源	中國字源演變
と	to	止	止 → 乜 → と

記憶點

字源「止」演化而來。如碼頭【波止場（は<u>と</u>ば・ha-<u>to</u>-ba）】。

筆順

と	と		

習字帖

と	と	と	と

🌸 邊學 50 音・邊學常用單字 11

た行 ▶▶

た行這五個音,來看看有哪些常用單字,聽 MP3 念念看。

たい
鯛 鯛魚

たいこ
太鼓 鼓

ち
血 血

ちえ
知恵 智慧

つき
月 月亮

つくえ
机 書桌

て
手 手

おてあらい
お手洗い 洗手間

とら
虎 老虎

とり
鳥 小鳥

な行 ◀)) 12

な	に	ぬ	ね	の

	發音	中國字源	中國字源演變
な	**na**	奈	奈 → な → な
			記憶點
			字源「奈」演化而來。如日本女子名【奈々子（ななこ・na-na-ko）】。

筆順

→ 一	ナ	ナ	な

習字帖

な	な	な	な

🌸 な行 ◀) 12

な	に	ぬ	ね	の

	發音	中國字源	中國字源演變
に	ni	仁	仁→に→に
		記憶點	
		字源「仁」演化而來。	

筆順

↓し	じ→	に→	

習字帖

に	に	に	に

な行 ◀) 12

な	に	ぬ	ね	の

	發音	中國字源	中國字源演變
ぬ	**nu**	奴	奴 → 奴 → 奴
		記憶點	
		字源「奴」演化而來。	

筆順

い	ぬ	ぬ	ぬ

習字帖

ぬ	ぬ	ぬ	ぬ

❀ な行 ◀)12

な	に	ぬ	ね	の

	發音	中國字源	中國字源演變
ね	ne	祢	祢 → 祢 → ね

記憶點

字源「祢」演化而來。

筆順

〵	〵オ	わ	ね

習字帖

ね	ね	ね	ね

❀ **な行** ◀) 12

な		に		ぬ		ね		の

	發音	中國字源	中國字源演變
の	**no**	乃	乃 → 乃 → の
		記憶點	
		字源「乃」演化而來。「の」即中文「的」。因此，我們常常在現代看到許多人以「の」字來表達「的」。	

筆順

ノ	の		

習字帖

の	の	の	の

🌸 邊學 50 音．邊學常用單字 🔊 13

な行 ▶▶

な行這五個音，來看看有哪些常用單字，聽 MP3 念念看。

「な つ
なつ
夏　夏天

おな か
なか
お腹　肚子

「に く
にく
肉　肉

「に もつ
にもつ
荷物　行李

い ぬ
いぬ
犬　狗

ぬ の
ぬの
布　布

「ね こ
ねこ
猫　貓

おか ね
かね
お金　錢

「き もの
きもの
着物　和服

「の り
のり
海苔　海苔

は行 🔊 14

は	ひ	ふ	へ	ほ

	發音	中國字源	中國字源演變
は	ha	波	波 → 波 → は
		記憶點	
		字源「波」演化而來。如碼頭【波止場（は とば‧ha-to-ba）】。	

筆順

↓し	し→	は↓	は↺

習字帖

は	は	は	は

は行 🔊 14

は	ひ	ふ	へ	ほ

	發音	中國字源	中國字源演變
ひ	hi	比	比 → 匕 → ひ

記憶點

字源「比」演化而來。如【比較（ひかく・hi-ka-ku）】。

筆順

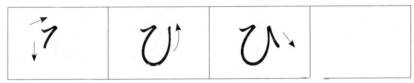

習字帖

は行 🔊 14

は	ひ	ふ	へ	ほ

	發音	中國字源	中國字源演變
ふ	fu	不	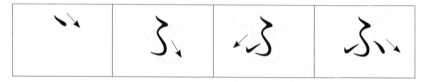
		記憶點	
		字源「不」演化而來。如【不便（ふべん・fu-be-n）・不思議（ふしぎ・fu-shi-gi）】。	

筆順

ゝ	ふ	ふ	ふ

習字帖

ふ	ふ	ふ	ふ

は行 ◀) 14

は	ひ	ふ	へ	ほ

	發音	中國字源	中國字源演變
へ	he	部	部 → ろ → へ

記憶點

字源「部」演化而來。如【部屋（へや・he-ya）】。

筆順

↗ノ	へ↘		

習字帖

へ	へ	へ	へ

❀ は行 🔊 14

は	ひ	ふ	へ	ほ

	發音	中國字源	中國字源演變
ほ	ho	保	保 → 滼 → ほ
		記憶點	
		字源「保」演化而來。如【保護（ほご・ho-go）】。	

筆順

↓|	にー→	ほ↓	ほ ↘

習字帖

ほ	ほ	ほ	ほ

🌸 邊學 50 音・邊學常用單字 🔊 15

> **は行** ▶▶

は行這五個音，來看看有哪些常用單字，聽 MP3 念念看。

は
は
葉　樹葉

はな
はな
花　花

ひ
ひ
日　太陽

ひみつ
ひみつ
秘密　秘密

ふく
服　衣服

さいふ
さいふ
財布　錢包

へや
へや
部屋　房間

へそ
へそ
臍　肚臍

ほし
ほし
星　星星

ほたる
ほたる
蛍　螢火蟲

🌸 **ま行** 🔊 16

ま	み	む	め	も

	發音	中國字源	中國字源演變
ま	**ma**	末	末 → あ → ま
		記憶點	
		字源「末」演化而來。如【週<u>末</u>（しゅう<u>ま</u>つ・shū-<u>ma</u>-tsu）】。	

筆順

→一	→二	ま	ま

習字帖

末	末	末	末

🌸 ま行 ◀)) 16

ま	み	む	め	も

	發音	中國字源	中國字源演變
み	mi	美	美 → 美 → み

記憶點

字源「美」演化而來。如日本女孩名【美夏（みか・mi-ka）・久美子（くみこ・ku-mi-ko）】。

筆順

習字帖

ま行 ◀) 16

ま	み	む	め	も

	發音	中國字源	中國字源演變
む	mu	武	武 → む → む
		記憶點	
		字源「武」演化而來。	

筆順

一	ナ	む	む

習字帖

む	む	む	む

ま行 🔊 16

ま	み	む	め	も

	發音	中國字源	中國字源演變
め	me	女	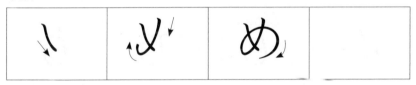

| | | 記憶點 |
| | | 字源「女」演化而來。ㄇㄟㄇㄟ（me-me）是女生，就記起來囉。 |

筆順

﹨	﹨め	め	

習字帖

め	め	め	め

🌸 ま行 🔊 16

ま	み	む	め	も

	發音	中國字源	中國字源演變
も	mo	毛	毛 → も → も
		記憶點	
		字源「毛」演化而來。與台語的「毛」發音一樣。	

筆順

↓	し	→ も	→ も

習字帖

も	も	も	も

🌸 邊學 50 音・邊學常用單字 🔊 17

ま行 ▶▶

ま行這五個音，來看看有哪些常用單字，聽 MP3 念念看。

あたま
_{あたま}
頭　頭

まねきねこ
_{まね}_{ねこ}
招き猫　招財貓

みみ
_{みみ}
耳　耳朵

かみ
_{かみ}
紙　紙

むし
_{むし}
虫　蟲

むら
_{むら}
村　村落

め
_め
目　眼睛

あめ
_{あめ}
雨　雨

もも
_{もも}
桃　水蜜桃

くも
_{くも}
雲　雲

🌸 や行 ◀) 18

や		ゆ		よ

	發音	中國字源	中國字源演變
や	ya	也	也 → せ → や
		記憶點	
		字源「也」演化而來。與台語的「也」發音一樣。	

筆順

つ	う	や	

習字帖

や	や	や	や

🌸 や行 ◀) 18

や		ゆ		よ

	發音	中國字源	中國字源演變
ゆ	yu	由	由 ➤ 由 ➤ ゆ

記憶點

字源「由」演化而來。如【自<u>由</u>（じ<u>ゆ</u>う・ji-y<u>ū</u>）】。

筆順

↓ ⟍	⟍⟋	ゆ ↓	

習字帖

ゆ	ゆ	ゆ	ゆ

✿ や行 ◀)) 18

や		ゆ		よ

	發音	中國字源	中國字源演變
よ	yo	與	与 → よ → よ
			記憶點
			字源「與」，由其簡寫「与」演化而來。

筆順

	一 →	よ		

習字帖

よ	よ	よ	よ

❀ 邊學 50 音・邊學常用單字 🔊 19

や行 ▶▶

や行這五個音,來看看有哪些常用單字,聽 MP3 念念看。

やま
山 山

はなや
花屋 花店

たこやき
たこ焼き 章魚燒

ゆき
雪 雪

ゆめ
夢 夢

つゆ
梅雨 梅雨

ゆかた
浴衣 夏天穿的和服

ふゆ
冬 冬天

よる
夜 夜晚

はなよめ
花嫁 新娘

ら行 🔊 20

ら	り	る	れ	ろ

	發音	中國字源	中國字源演變
ら	ra	良	良 → 乩 → ら

記憶點
字源「良」演化而來。如日本地名【奈良（なら・na-ra）】、【渡良瀬橋（わたらせばし・wa-ta-ra-se-ba-shi）】。

筆順

ヽヽ	ヽ八	ら	

習字帖

ら	ら	ら	ら

ら行 ◀)20

ら	り	る	れ	ろ

	發音	中國字源	中國字源演變
り	ri	利	利 → 利 → り

記憶點

取字源「利」右手邊，發音也和「利」相近。如利用【利用（りよう・ri-yō）】。

筆順

↓	り↓		

習字帖

り	り	り	り

🌸 ら行 🔊 20

ら	り	る	れ	ろ

	發音	中國字源	中國字源演變
る	ru	留	留 → 畄 → る
			記憶點
		字源「留」演化而來。如不在家【留守（る す・<u>ru</u>-su）】。	

筆順

→ ⌐	↙ 7	ろ	る

習字帖

る	る	る	る

🌸 ら行 🔊 20

ら	り	る	れ	ろ

	發音	中國字源	中國字源演變
れ	re	礼	礼 → 礼 → れ
			記憶點
			字源「礼」演化而來。與台語「礼」發音一樣。如感謝【お礼（お**れ**い・o-r**e**）】。

筆順

↓小	才	お	れ

習字帖

れ	れ	れ	れ

🌸 ら行 🔊 20

ら	り	る	れ	ろ

	發音	中國字源	中國字源演變
ろ	ro	呂	呂 → そ → ろ
		記憶點	
		字源「呂」演化而來。如浴池、浴室、澡堂、洗澡【風呂（ふろ・fu-ro）】。	

筆順

→ ⌐	↙ フ	ろ ↗	

習字帖

ろ	ろ	ろ	ろ

🌸 邊學 50 音・邊學常用單字 🔊 21

ら行 ▶▶

ら行這五個音，來看看有哪些常用單字，聽 MP3 念念看。

さくら
さくら
桜　櫻花

らく
らく
楽　輕鬆

くり
くり
栗　栗子

くすり
くすり
薬　藥

はる
はる
春　春天

いるか
いるか
海豚　海豚

ひれ
ひれ
鰭　魚鰭

はれ
は
晴れ　晴天

ふろ
ふろ
風呂　浴室

こころ
こころ
心　心

❀ **わ行** ◀) 22

わ				を

	發音	中國字源	中國字源演變
わ	**wa**	和	和 → 私 → わ
		記憶點	
		字源「和」演化而來。如【大和（だいわ・da-i-<u>wa</u>）】	

筆順

↓小	⟍オ	オ	わ

習字帖

わ	わ	わ	わ

🌸 **わ行** ◀) 22

わ				を

	發音	中國字源	中國字源演變	
を	**WO**	遠	遠 → 走 → を	
		記憶點		
		字源「遠」演化而來。		

筆順

→一	↙ナ	ナ↓	を↗

習字帖

を	を	を	を

🌸 **鼻音** 🔊 23

ん				

	發音	中國字源	中國字源演變	
ん	**n**	**无**	**无 → ゐ → ん**	
			記憶點	
		字源「无」演化而來。		

筆順

⟋	ん	ん	

習字帖

ん	ん	ん	ん

80

🌸 邊學 50 音・邊學常用單字 🔊 24

わ行及鼻音 ▶▶

這幾個音，來看看有哪些常用單字，聽 MP3 念念看。

にわ
にわ
庭　庭院

かわ
かわ
川　河川

にわとり
にわとり
鶏　雞

ひまわり
ひまわり
向日葵　向日葵

ほんをよみます
ほん　よ
本を読みます

えをかきます
え　か
絵を描きます

読書

畫圖

おんせん
おんせん
温泉　温泉

しんかんせん
しんかんせん
新幹線　新幹線

🌸 小測驗 I

一、填出表中的平仮名

	a行	ka行	sa行	ta行	na行	ha行	ma行	ya行	ra行	wa行	鼻音
a段	あ		さ	た		は		や		わ	ん
i段		き			に	ひ	み	×		×	×
u段			す	つ	ぬ		む		る	×	×
e段	え	け		て	ね		め	×	れ	×	×
o段	お	こ	そ			ほ		よ	ろ		×

二、聽 **MP3** 寫出平仮名 🔊 25

1. ___あ___
2. _____
3. _____
4. _____
5. _____
6. _____
7. _____
8. _____
9. _____
10. _____
11. ___あい___
12. _____

13. _____
14. _____
15. _____
16. _____
17. _____
18. _____
19. _____
20. _____
21. _____
22. _____
23. _____
24. _____

25. _____
26. _____
27. _____
28. _____
29. _____
30. _____
31. ___くすり___
32. _____
33. _____
34. _____
35. _____

平仮名 濁音 ◀》26

說明： 清音的 10 個行音中，只有 4 個行音可以變化成濁音。分別為「か行音」、「さ行音」、「た行音」、「は行音」。

標示方法： 在仮名的右上角加上兩點「 ゛」。例：か → が

發音方法： 清音變化成濁音之後，唸法上也會同時產生音變。如下所示。

◆ 音變

か行音 → が行音	ka → ga	た行音 → だ行音	ta → da
さ行音 → ざ行音	sa → za	は行音 → ば行音	ha → ba

清音

か	さ	た	は
ka	sa	ta	ha
き	し	ち	ひ
ki	shi	chi	hi
く	す	つ	ふ
ku	su	tsu	fu
け	せ	て	へ
ke	se	te	he
こ	そ	と	ほ
ko	so	to	ho

濁音

が	ざ	だ	ば
ga	za	da	ba
ぎ	じ	ぢ	び
gi	ji	ji	bi
ぐ	ず	づ	ぶ
gu	zu	zu	bu
げ	ぜ	で	べ
ge	ze	de	be
ご	ぞ	ど	ぼ
go	zo	do	bo

🌸 が行 🔊27

が	ぎ	ぐ	げ	ご

か→が　ga

が	が						

き→ぎ　gi

ぎ	ぎ						

く→ぐ　gu

ぐ	ぐ						

け→げ　ge

げ	げ						

こ→ご　go

ご	ご						

🌸 邊學 50 音・邊學常用單字 🔊 28

が行 ▶▶

が行這五個音，來看看有哪些常用單字，聽 MP3 念念看。

てがみ 手紙　信		えがお 笑顔　笑臉	
うさぎ 兎　兔子		うなぎ 鰻　鰻魚	
ふぐ 河豚　河豚		あまぐ 雨具　雨具	
げんき 元気　精神		おみやげ お土産　紀念品	
りんご 林檎　蘋果		いちご 苺　草莓	

🌸 ざ行 🔊 29

さ	じ	ず	ぜ	ぞ

さ→ざ　za

ざ	ざ						

し→じ　ji

じ	じ						

す→ず　zu

ず	ず						

せ→ぜ　ze

ぜ	ぜ						

そ→ぞ　zo

ぞ	ぞ						

🌸 邊學 50 音・邊學常用單字 🔊 30

ざ行 ▶▶

ざ行這五個音，來看看有哪些常用單字，聽 MP3 念念看。

とざん
_{とざん}
登山　登山

ざんねん
_{ざんねん}
残念　遺憾

もみじ
_{もみじ}
紅葉　楓葉

たからくじ
_{たからくじ}
宝籤　彩卷

ねずみ
_{ねずみ}
鼠　老鼠

みず
_{みず}
水　水

かぜ
_{かぜ}
風　風

かぜ
_{かぜ}
風邪　感冒

ぞう
_{ぞう}
象　大象

かぞく
_{かぞく}
家族　家人

🌸 だ行 🔊31

だ	ち	づ	で	ど

た→だ　da

だ	だ					

ち→ぢ　ji

ぢ	ぢ					

つ→づ　zu

づ	づ					

て→で　de

で	で					

と→ど　do

ど	ど					

🌸 邊學 50 音・邊學常用單字 🔊 32

だ行 ▶▶

だ行這五個音，來看看有哪些常用單字，聽 MP3 念念看。

だるま
だ る ま
達磨 不倒翁

だんご
だ ん ご
団子　湯圓串

はなぢ
は な ぢ
鼻血 鼻血

あさぢえ
あ さ ぢ え
浅知恵　淺見

あいづち
あ い づ ち
相槌 附和

てつづき
て つ づ き
手続　手續

でんわ
で ん わ
電話 電話

おもいで
お も い で
思い出　回憶

こども
こ ど も
子供 小孩

だいどころ
だ い ど こ ろ
台所　廚房

ば行 🔊 33

ば	び	ぶ	べ	ぼ

は→ば　ba

ば	ば						

ひ→び　bi

び	び						

ふ→ぶ　bu

ぶ	ぶ						

へ→べ　be

べ	べ						

ほ→ぼ　bo

ぼ	ぼ						

🌸 邊學 50 音・邊學常用單字 🔊 34

ば行 ▶▶

ば行這五個音，來看看有哪些常用單字，聽 MP3 念念看。

かばん
かばん
鞄　　皮包

かんばん
かんばん
看板　招牌

はなび
はなび
花火　　煙火

ゆびわ
ゆびわ
指輪　戒指

ぶた
ぶた
豚　　豬

しんぶん
しんぶん
新聞　報紙

なべ
なべ
鍋　　火鍋

たべもの
た　もの
食べ物　食物

ぼんさい
ぼんさい
盆栽　　盆栽

とんぼ
とんぼ
蜻蛉　蜻蜓

🌸 小測驗 2

一、聽 **MP3** 寫出濁音 🔊35

1. <u>げんき</u>　　　　　　6. _____

2. _____　　　　7. _____

3. _____　　　　8. _____

4. _____　　　　9. _____

5. _____　　　10. _____

Notes

2-3 平仮名　半濁音 ◀)) 36

學習技巧與規則 ▶▶

說明： 清音的 10 個行音中，只有一個行音可以變化成半濁音。為
　　　　「は行音」。

標示方法：在仮名的右上角加上句點「。」。例：は→ぱ

發音方式：清音變化成半濁音之後，唸法上也會同時產生音變。
　　　　　　如下所示。

◆ 音變

　　　　　　　は行音 → ぱ行音　　ha → pa

清音		濁音
は ha	→	ぱ pa
ひ hi		ぴ pi
ふ fu		ぷ pu
へ he		ぺ pe
ほ ho		ぽ po

🌸 ぱ行 🔊37

ぱ	ぴ	ぷ	ぺ	ぽ

は→ぱ　pa

ぱ	ぱ					

ひ→ぴ　pi

ぴ	ぴ					

ふ→ぷ　pu

ぷ	ぷ					

へ→ぺ　pe

ぺ	ぺ					

ほ→ぽ　po

ぽ	ぽ					

🌸 邊學 50 音・邊學常用單字 🔊 38

ぱ行 ▶▶

ぱ行這幾個音,來看看有哪些常用單字,聽 MP3 念念看。

でんぱ
でんぱ
電波 電波

しんぱい
しんぱい
心配 擔心

えんぴつ
えんぴつ
鉛筆 鉛筆

ぴかぴか
亮光

てんぷら
てんぷら
天婦羅 天婦羅

ぷんぷん
怒氣沖沖

ぺらぺら
說話流利

ぺこぺこ
肚子餓

さんぽ
さんぽ
散歩 散歩

たんぽぽ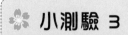
たんぽぽ
蒲公英 蒲公英

🌸 小測驗 3

聽 MP3 寫出半濁音 🔊 39

1. <u>えんぴつ</u>   2. _____   3. _____

平仮名　促音 🔊 40

學習技巧與規則 ▶▶

說明： 將清音中的「つ」變小。

標示方法：つ→っ（如下所示）

發音方式：拍數算進去但是不要發出聲。

◆ 練習念念看

きつて（ki tsu te）　　　→　　きって（ki t̶s̶u̶ᵗ te）

きつぷ（ki tsu pu）　　　→　　きっぷ（ki t̶s̶u̶ᵖ pu）

につき（ni tsu ki）　　　→　　にっき（ni t̶s̶u̶ᵏ ki）

ざつし（za tsu shi）　　　→　　ざっし（za t̶s̶u̶ˢ shi）

さつぽろ（sa tsu po ro）　→　　さっぽろ（sa t̶s̶u̶ᵖ po ro）

すつぱい（su tsu pa i）　　→　　すっぱい（su t̶s̶u̶ᵖ pa i）

🌸 邊學 50 音・邊學常用單字 🔊41

促音有哪些常用單字，聽 MP3 念念看。

きって
切手 郵票

きっぷ
切符 車票

にっき
日記 日記

きっさてん
喫茶店 咖啡店

ざっし
雑誌 雑誌

さっぽろ
札幌 札幌

すっぱい
酸っぱい 酸的

しょっぱい
塩っぱい 鹹的

しっぱい
失敗 失敗

ひっこし
引っ越し 搬家

かっぱ
<small>かっぱ</small>
河童 河童

まっちゃ
<small>まっちゃ</small>
抹茶 抹茶

せっけん
<small>せっけん</small>
石鹼 肥皂

けっこん
<small>けっこん</small>
結婚 結婚

しゅっせき
<small>しゅっせき</small>
出 席 出席

けっせき
<small>けっせき</small>
欠席 缺席

びっくり

吃驚

ひゃっかじてん
<small>ひゃっかじてん</small>
百科事典 百科
字典

🌸 小測驗 4

聽 **MP3** 寫出促音 🔊42

1. ___にっき___ 2. _____ 3. _____

98

2-5 平仮名 **長音** ◀) 43

說明： 平仮名的長音之標示方法，和五十音表中清音的「**あ段音**」、「**い段音**」、「**う段音**」、「**え段音**」、「**お段音**」，五個段音有關。

標示方法： あ段音＋あ　　　　え段音＋い／え
い段音＋い　　　　お段音＋お／う
う段音＋う

◆ **あ段音＋あ**

例： ああ、かあ、さあ、たあ、なあ、はあ、まあ、やあ、らあ、わあ

◆ **い段音＋い**

例： いい、きい、しい、ちい、にい、ひい、みい、りい

◆ **う段音＋う**

例： うう、くう、すう、つう、ぬう、ふう、むう、ゆう、るう

◆ **え段音＋い／え**

例： えい、けい、せい、てい、ねい、へい、めい、れい
ええ、けえ、せえ、てえ、ねえ、へえ、めえ、れえ

◆ **お段音＋お／う**

例： おお、こお、そお、とお、のお、ほお、もお、よお、ろお
おう、こう、そう、とう、のう、ほう、もう、よう、ろう

🌸 邊學 50 音・邊學常用單字 🔊 44

長音有哪些常用單字，聽 MP3 念念看。

おかあさん
お母さん 母親

おばあさん
お婆さん 奶奶

おにいさん
お兄さん 哥哥

おじいさん
お爺さん 爺爺

くうき
空気 空氣

ずつう
頭痛 頭痛

おねえさん
お姉さん 姊姊

えいご
英語 英語

ほお
頬 臉頰

おとうさん
お父さん 父親

かわいい
かわい
可愛い 可愛

おいしい
おいしい
美味しい

すうじ
すうじ
数字 數字

じゆう
じゆう
自由 自由

すいえい
すいえい
水泳 游泳

けいたい
けいたい
携帯 行動電話

おとうと
おとうと
弟 弟弟

いもうと
いもうと
妹 妹妹

こおり
こおり
氷 冰

がっこう
がっこう
学校 學校

❀ 長音比較練習 🔊 45

◆ 以下有 10 組練習，請聽 MP3 念念看，比較看看有什麼不同。

1. おじいさん 爺爺、外公
　 おじさん 伯伯、叔叔、舅舅

2. おばあさん 奶奶、外婆
　 おばさん 伯母、嬸嬸、阿姨、舅媽

3. くうき 空氣
　 くき 莖

4. めいし 名片
　 めし 飯

5. ゆうき 勇氣
　 ゆき 雪

6. こうこう 高中
　 ここ 這裡

7. そうこ 倉庫
　 そこ 那裡

8. いいえ 不是
　 いえ 房子

9. へいや 平原
　 へや 房間

10. どうぞう 銅像
　　 どうぞ 請

透過這些練習，相信大家應該對於長音更了解了吧。

❀ 小測驗 5

聽 MP3 寫出長音 🔊 46

1. おかあさん
2. ＿＿＿＿＿＿
3. ＿＿＿＿＿＿
4. ＿＿＿＿＿＿
5. ＿＿＿＿＿＿

6. ＿＿＿＿＿＿
7. ＿＿＿＿＿＿
8. ＿＿＿＿＿＿
9. ＿＿＿＿＿＿
10. ＿＿＿＿＿＿

2-6 **平假名** **拗音** ◀)) 47

學習技巧與規則 ▶

說明： 拗音是由一個大仮名和一個小仮名組成。

大仮名：除了い以外的い段音→き、し、ち、に、ひ、み、り
　　　　　　　　　　　　ぎ、じ、ぢ、び、ぴ

小仮名：や、ゆ、よ

標示方法：

きゃ

大仮名　　　　　　小仮名

發音方式：大仮名和小仮名拼起來，合發一個音。

◆ 拗音的全部組合

きゃ	しゃ	ちゃ	にゃ	ひゃ	みゃ	りゃ
kya	sha	cha	nya	hya	mya	rya
きゅ	しゅ	ちゅ	にゅ	ひゅ	みゅ	りゅ
kyu	shu	chu	nyu	hyu	myu	ryu
きょ	しょ	ちょ	にょ	ひょ	みょ	りょ
kyo	syo	cho	nyo	hyo	myo	ryo

ぎゃ	じゃ	ぢゃ	びゃ	ぴゃ
gya	ja	ja	bya	pya
ぎゅ	じゅ	ぢゅ	びゅ	ぴゅ
gyu	ju	ju	byu	pyu
ぎょ	じょ	ぢょ	びょ	ぴょ
gyo	jo	jo	byo	pyo

邊學 50 音・邊學常用單字 🔊 48

拗音有哪些常用單字，聽 MP3 念念看。

いしゃ

医者 醫生

かいしゃ

会社 公司

かしゅ

歌手 歌手

うんてんしゅ

運転手 駕駛人

じしょ

辞書 字典

としょかん

図書館 圖書館

じんじゃ

神社 神社

じゅく

塾 補習班

おちゃ

お茶 茶

おもちゃ

玩具 玩具

こうちゃ
こうちゃ
紅茶 紅茶

おきゃくさん
きゃく
お客さん 客人

きんぎょ
きんぎょ
金魚 金魚

じむしょ
じ む しょ
事務所 辦公室

びじゅつかん
びじゅつかん
美術館 美術館

ゆうびんきょく
ゆうびんきょく
郵便局 郵局

じどうしゃ
じ どうしゃ
自動車 汽車

りょこう
りょこう
旅行 旅行

たっきゅうびん
たっきゅうびん
宅急便 宅急便

きょうしつ
きょうしつ
教室 教室

ぎゅうにく
牛肉 牛肉

ぎゅうにゅう
牛乳 牛奶

にゅうがく
入学 入學

そつぎょう
卒業 畢業

ざんぎょう
残業 加班

じゅぎょう
授業 上課

しょうせつ
小説 小說

じょうず
上手 拿手

うちゅう
宇宙 宇宙

ちゅうごく
中国 中國

しゃちょう

<ruby>社長<rt>しゃちょう</rt></ruby> 社長

しゅっちょう

<ruby>出張<rt>しゅっちょう</rt></ruby> 出差

びょういん

<ruby>病院<rt>びょういん</rt></ruby> 醫院

びょうき

<ruby>病気<rt>びょうき</rt></ruby> 生病

はっぴょう

<ruby>発表<rt>はっぴょう</rt></ruby> 發表

りゅうがくせい

<ruby>留学生<rt>りゅうがくせい</rt></ruby> 留學生

りょう

<ruby>寮<rt>りょう</rt></ruby> 宿舍

きゅうりょう

<ruby>給料<rt>きゅうりょう</rt></ruby> 薪水

🌸 小測驗 6

聽 MP3 寫出拗音 🔊 49

1. ___かしゅ___　　　　4. _____

2. _____　　　　5. _____

3. _____

🌸 聽重音分辨單字 ◀) 50

日文有很多字看起來一樣，但重音不同，念法就不同。下面的幾組
單字請聽 MP3，學習分辨重音的差異。

● あめ

あめ【雨】雨天

あめ【飴】糖果

● さけ

さけ【酒】日本酒

さけ【鮭】鮭魚

● かみ

かみ【神】神明

かみ【髪】頭髮

かみ【紙】紙張

● もも

もも【桃】水蜜桃

もも【股】大腿

Notes

片仮名　清音・鼻音 ◀) 51

學習技巧與規則

說明： 前一篇主題所學的平仮名之「清音」、「濁音」、「半濁音」、「促音」、「長音」、「拗音」，也都分別有其片仮名的寫法。片仮名與平仮名的規則其實都相同。平仮名通常是用來標示漢字的發音，而片仮名通常是用來標示外來語，或是有時因為單字需要強調，也會將平仮名寫成片仮名。

10 個行音

ア行	カ行	サ行	タ行	ナ行	ハ行	マ行	ヤ行	ラ行	ワ行
ア	カ	サ	タ	ナ	ハ	マ	ヤ	ラ	ワ
イ	キ	シ	チ	ニ	ヒ	ミ		リ	
ウ	ク	ス	ツ	ヌ	フ	ム	ユ	ル	
エ	ケ	セ	テ	ネ	ヘ	メ		レ	
オ	コ	ソ	ト	ノ	ホ	モ	ヨ	ロ	ヲ

5 個段音

ア段	アカサタナハマヤラワ
イ段	イキシチニヒミ　リ
ウ段	ウクスツヌフムユル
エ段	エケセテネヘメ　レ
オ段	オコソトノホモヨロヲ

行音
↓

清音　　　　　　　　　　　　　　　　　　　　　　　　　　鼻音

ア a	カ ka	サ sa	タ ta	ナ na	ハ ha	マ ma	ヤ ya	ラ ra	ワ wa	ン n
イ i	キ ki	シ shi	チ chi	ニ ni	ヒ hi	ミ mi		リ ri		
ウ u	ク ku	ス su	ツ tsu	ヌ nu	フ fu	ム mu	ユ yu	ル ru		
エ e	ケ ke	セ se	テ te	ネ ne	ヘ he	メ me		レ re		
オ o	コ ko	ソ so	ト to	ノ no	ホ ho	モ mo	ヨ yo	ロ ro	ヲ wo	

段音 →

109

❀ ア行 ◀)) 52

ア	イ	ウ	エ	オ

	發音	中國字源	中國字源演變
ア	a	阿	阿 → マ → ア
		記憶點	
		取自字源耳朵左上角。	

筆順

→ 一	フ	ア	

習字帖

ア	ア	ア	ア

ア行 ◀)52

ア	イ	ウ	エ	オ

	發音	中國字源	中國字源演變
イ	i		伊 → イ → イ
			記憶點
		看到「イ」，心中想著字源「伊」，就會發音了。	

筆順

ノ	イ		

習字帖

イ	イ	イ	イ

🌸 ア行 🔊 52

ア	イ	ウ	エ	オ

	發音	中國字源	中國字源演變
ウ	u	字	字 → ㅗ → ウ

記憶點

取自字源「字」上面的蓋子。

筆順

い	い	ウ	ウ

習字帖

ウ	ウ	ウ	ウ

🌸 ア行 ◀》52

ア	イ	ウ	エ	オ

	發音	中國字源	中國字源演變
エ	e	江	江 → エ → エ

記憶點

取右手邊的「エ」。東京舊稱是「江戶（えど・e-do）」。日文漢字，在橫書時，會在漢字的上面或是下面，用「平仮名」標示發音，所以心裡想著字源「江」，就能記住「エ」。片仮名的發音也與其漢字有相關連性。

筆順

→ 一	T ↓	→ エ	

習字帖

エ	エ	エ	エ

ア行 ◀) 52

ア	イ	ウ	エ	オ

	發音	中國字源	中國字源演變
オ	o	於	於 → オ → オ

記憶點

「於」的楷書寫法是「扵」，所以取其左手邊。

筆順

一	寸	オ	

習字帖

オ	オ	オ	オ

🌸 カ行 ◀》53

カ	キ	ク	ケ	コ

	發音	中國字源	中國字源演變
カ	**ka**	加	加 ▸ **カ** ▸ **カ**
			記憶點
			取字源「加」的左手邊。

筆順

→一	フ↓	カ↓	

習字帖

カ	カ	カ	カ

🌸 カ行 ◀ 53

カ	キ	ク	ケ	コ

	發音	中國字源	中國字源演變
キ	ki	幾	幾 → ‡ → キ

記憶點
與平仮名「き」一起記憶，簡化為「キ」。

筆順

一	二	キ	

習字帖

キ	キ	キ	キ

🌸 カ行 ◀) 53

カ	キ	ク	ケ	コ

	發音	中國字源	中國字源演變
ク	ku	久	久 → ク → ク
		記憶點	
		字源「久」，右邊「く」為平仮名；左邊「ク」為片仮名。	

筆順

ノ	ト →	ク	

習字帖

ク	ク	ク	ク

🌸 力行 🔊 53

カ	キ	ク	ケ	コ

	發音	中國字源	中國字源演變
ケ	ke	介	介 → 分 → ケ
		記憶點	
		字源「介」演化而來。如男孩名【大介（だいすけ・da-i-su-ke）】。	

筆順

⁄⁄	⟋ →	ケ	

習字帖

ケ	ケ	ケ	ケ

🌸 力行 ◀》53

カ	キ	ク	ケ	コ

	發音	中國字源	中國字源演變
コ	ko	己	己 → コ → コ
			記憶點
			取字源「己」之上面部分「コ」。

筆順

→ 一	7↓	→ コ	

習字帖

コ	コ	コ	コ

サ行 ◀)) 54

サ	シ	ス	セ	ソ

	發音	中國字源	中國字源演變
サ	sa	散	散 → ﾅ → サ

記憶點

取字源「散」左上角。如【散步（さんぽ・sa-n-po）】。

筆順

→ 一	↓ 十	サ↓	

習字帖

サ	サ	サ	サ

🌸 **サ行** ◀» 54

サ	シ	ス	セ	ソ

	發音	中國字源	中國字源演變
シ	shi	之	之 → そ → シ
			記憶點
			字源「之」演化而來。

筆順

ゝ	シ	シ	

習字帖

シ	シ	シ	シ

🌸 **サ行** 🔊 54

サ	シ	ス	セ	ソ

	發音	中國字源	中國字源演變
ス	su	須	須 → 尓 → ス

記憶點
取字源「須」的部分。如日本七福神之一【惠比須（えびす・e-bi-su）】。

筆順

→ 一	フ	ス	

習字帖

ス	ス	ス	ス

サ行 🔊 54

サ	シ	ス	セ	ソ

	發音	中國字源	中國字源演變
セ	se	世	世 → セ → セ
		記憶點	
		字源「世」演化而來。	

筆順

→ 一	ラ	セ →	

習字帖

セ	セ	セ	セ

🌸 サ行 🔊 54

サ	シ	ス	セ	ソ

	發音	中國字源	中國字源演變
ソ	SO	曾	曾 → リ → ソ

記憶點
取字源「曾」的上方兩撇。

筆順

ゝ	ソ		

習字帖

ソ	ソ	ソ	ソ

🌸 夕行 ◀)) 55

夕	チ	ツ	テ	ト

	發音	中國字源	中國字源演變
夕	ta	多	多 → 夕 → 夕

記憶點
取字源「多」中的「夕」。如【多少（<u>た</u>しょう・<u>ta</u>-syō）】。

筆順

丶ノ	ノ→	勹	夕

習字帖

夕	夕	夕	夕

🌸 タ行 🔊 55

タ	チ	ツ	テ	ト

	發音	中國字源	中國字源演變
チ	**chi**	千	千 → 千 → チ → チ

記憶點
字源「千」演化而來。如東京迪士尼樂園所在地【千葉県（ちばけん・**chi-ba-ke-n**）】。

筆順

ノ	→ 二	チ	

習字帖

チ	チ	チ	チ

夕行 🔊 55

| 夕 | チ | ツ | テ | ト |

	發音	中國字源	中國字源演變
ツ	tsu	川	川 → ツ → ツ
			記憶點
		字源「川」演化而來。	

筆順

い	ソ	ツ	

習字帖

ツ	ツ	ツ	ツ

🌸 夕行 🔊 55

夕	チ	ツ	テ	ト

	發音	中國字源	中國字源演變
テ	te	天	天 → テ → テ

		記憶點
		字源「天」演化而來。

筆順

→一	→二	テ	

習字帖

テ	テ	テ	テ

❀ 夕行 ◀ 55

タ	チ	ツ	テ	ト

	發音	中國字源	中國字源演變
ト	to	止	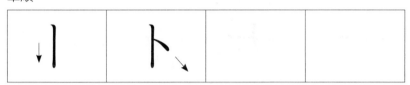
		記憶點	
		字源「止」演化而來。	

筆順

↓丨	ト↘		

習字帖

ト	ト	ト	ト

✿ ナ行 ◀》56

ナ	ニ	ヌ	ネ	ノ

	發音	中國字源	中國字源演變
ナ	na	奈	奈 → ナ → ナ

記憶點

取字源「奈」的左上偏旁。

筆順

→ 一	ナ↓		

習字帖

ナ	ナ	ナ	ナ

ナ行 ◀》56

ナ	ニ	ヌ	ネ	ノ

	發音	中國字源	中國字源演變
ニ	ni	仁	仁 → ニ → 二

記憶點

取字源「仁」的右偏旁。

筆順

→一	→二		

習字帖

・・・・・ ・・・・・・・	・・・・・ ・・・・・・・	・・・・・ ・・・・・・・	・・・・・ ・・・・・・・

🌸 ナ行 ◀ 56

ナ	二	ヌ	ネ	ノ

	發音	中國字源	中國字源演變
ヌ	nu	奴	奴 → ヌ → ヌ

記憶點
取字源「奴」的右偏旁，注意最後一筆偏短。

筆順

→一	フ	ヌ	

習字帖

ヌ	ヌ	ヌ	ヌ

❀ **ナ行** ◀》56

ナ	ニ	ヌ	ネ	ノ

	發音	中國字源	中國字源演變
ネ	ne	祢	祢 → ネ → ネ
		記憶點	
		取字源「祢」的左偏旁，再稍演化。	

筆順

丶	⇢ラ	ネ	ネ

習字帖

ネ	ネ	ネ	ネ

🌸 **ナ行** ◀⑽ 56

ナ	ニ	ヌ	ネ	ノ

	發音	中國字源	中國字源演變
ノ	**no**	乃	乃 → ノ → ノ
		記憶點	
		字源「乃」的左偏旁。	

筆順

ノ			

習字帖

ノ	ノ	ノ	ノ

八行 ◀ッ 57

ハ	ヒ	フ	ヘ	ホ

	發音	中國字源	中國字源演變
ハ	ha	八	八 → ハ → ハ

記憶點
字源「八」演化而來。

筆順

ノ	ハ		

習字帖

ハ	ハ	ハ	ハ

❀ 八行 ◀) 57

ハ	ヒ	フ	ヘ	ホ

	發音	中國字源	中國字源演變
ヒ	hi	比	比 → ヒ → ヒ
		記憶點	
		取字源「比」的「ヒ」。	

筆順

→ 一	↓ヒ→		

習字帖

ヒ	ヒ	ヒ	ヒ

🌸 ハ行 ◀) 57

ハ	ヒ	フ	ヘ	ホ

	發音	中國字源	中國字源演變
フ	fu	不	不 → フ → フ
			記憶點
		字源「不」演化而來。	

筆順

→一	フ		

習字帖

フ	フ	フ	フ

🌸 ハ行 ◀)) 57

ハ	ヒ	フ	ヘ	ホ

	發音	中國字源	中國字源演變
ヘ	he	部	部 - ろ → ヘ

記憶點
字源「部」演化而來。 ★平仮名與片仮名寫法一樣。

筆順

ノ	ヘ		

習字帖

ヘ	ヘ	ヘ	ヘ

🌸 八行 ◀) 57

ハ	ヒ	フ	ヘ	ホ

	發音	中國字源	中國字源演變
ホ	ho	保	保 → ホ → ホ
		記憶點	
		字源「保」演化而來。	

筆順

一	亇	オ	ホ

習字帖

ホ	ホ	ホ	ホ

🌸 マ行 ◀) 58

マ	ミ	ム	メ	モ

	發音	中國字源	中國字源演變
マ	**ma**	万	万 → ニ → マ

記憶點
字源「万」演化而來。 【万歲（まんざい・ma-n-za-i）】，片仮名的發音也與其漢字有相關連性。

筆順

一	フ	マ	

習字帖

マ	マ	マ	マ

🌸 マ行 ◀» 58

| マ | ミ | ム | メ | モ |

	發音	中國字源	中國字源演變
ミ	mi	三	三 → ミ → ミ

記憶點
字源「三」演化而來。 ★「ミ」像貓咪的鬍鬚，發音為貓咪的「咪」。

筆順

╲	ミ	ミ	

習字帖

ミ	ミ	ミ	ミ

🌸 マ行 ◀)) 58

マ	ミ	ム	メ	モ

	發音	中國字源	中國字源演變
ム	mu	牟	牟 → 厶 → ム
		記憶點	
		取字源「牟」上方。	

筆順

ノ	ム	ム	

習字帖

ム	ム	ム	ム

🌸 マ行 🔊 58

マ	ミ	ム	メ	モ

	發音	中國字源	中國字源演變
メ	me	女	女 → メ → メ

記憶點
字源「女」簡化而來。 ★ㄇㄟㄇㄟ（me-me）是女生，就記起來囉。

筆順

ノ	メ		

習習字帖

メ	メ	メ	メ

🌸 マ行 🔊58

マ	ミ	ム	メ	モ

	發音	中國字源	中國字源演變
モ	**mo**	毛	毛 → 老 → モ

記憶點

字源「毛」演化而來。與台語的「毛」發音一樣。

筆順

一	二	干	モ

習字帖

モ	モ	モ	モ

❀ ヤ行 ◀) 59

ヤ		ユ		ヨ

	發音	中國字源	中國字源演變
ヤ	ya	也	也 → ヤ → ヤ
			記憶點
			字源「也」演化而來。與台語「也」發音一樣。

筆順

→ 一	⁻⁾⟍	⟍ヤ	

習字帖

ヤ	ヤ	ヤ	ヤ

🌸 ヤ行 🔊 59

ヤ		ユ		ヨ

	發音	中國字源	中國字源演變
ユ	yu	由	由 → エ → ユ
		記憶點	
		字源「由」演化而來。	

筆順

→一	フ↓	→ユ	

習字帖

ユ	ユ	ユ	ユ

❀ ヤ行 ◀)) 59

ヤ		ユ		ヨ

	發音	中國字源	中國字源演變
ヨ	yo	與	与 → ヨ → ヨ
			記憶點
		字源「與」演化而來。	

筆順

→一	フ↓	→ヲ	→ヨ

習字帖

ヨ	ヨ	ヨ	ヨ

記憶與區別

コ ko　ユ yu　ヨ yo　長得很像的這三個音，要記起來喔。

ラ行 🔊 60

ラ	リ	ル	レ	ロ

	發音	中國字源	中國字源演變
ラ	ra	良	良 → ラ → ラ

記憶點

字源「良」演化而來。

筆順

→ 一	→ ニ	ラ	

習字帖

ラ	ラ	ラ	ラ

ラ行 ◀) 60

ラ	リ	ル	レ	ロ

	發音	中國字源	中國字源演變
リ	ri	利	利 → リ → リ
		記憶點	
		取字源「利」右手邊。	

筆順

↓l	リ↓		

習字帖

リ	リ	リ	リ

🌸 ラ行 ◀)60

ラ	リ	ル	レ	ロ

	發音	中國字源	中國字源演變
ル	ru	流	流 → ハ → ル
		記憶點	
		字源「流」右下部分演化而來。	

筆順

ソ↓	ハ↓	ル↗	

習字帖

ハ	ハ	ハ	ハ

150

ラ行 ◀》60

ラ	リ	ル	レ	ロ

	發音	中國字源	中國字源演變
レ	re	礼	礼→レ→レ

		記憶點
		字源「礼」演化而來。與台語「礼」發音一樣。

筆順

↓|	レ↗		

習字帖

レ	レ	レ	レ

❀ ラ行 ◀》60

ラ	リ	ル	レ	ロ

	發音	中國字源	中國字源演變
ロ	ro		呂 呂 → ロ → ロ
			記憶點
			取字源「呂」中的「ロ」。

筆順

↓丨	厂→	冂↓	→ロ

習字帖

ロ	ロ	ロ	ロ

ワ行 ◀》61

ワ				ヲ

	發音	中國字源	中國字源演變
ワ	wa	和	和 → ワ → ワ
			記憶點
		字源「和」演化而來。	

筆順

↓|	⌐→	ワ↙	

習字帖

ワ	ワ	ワ	ワ

記憶與區別

ウ u　ワ wa　這兩個音長得很像，要記起來喔。

✿ ワ行 🔊61

ワ				ヲ

	發音	中國字源	中國字源演變	
ヲ	**WO**	乎	乎 → テ → ヲ	
			記憶點	
		字源「乎」演化而來。		

筆順

→一	㇇	→ヲ	

習字帖

ヲ	ヲ	ヲ	ヲ

 記憶與區別

フfu　ラra　ヲwo　這三個音長得很像，要記起來喔。

鼻音 🔊 61

ン				

	發音	中國字源	中國字源演變	
ン	n	尔	尓 ➡ ニ ➡ ン	
		記憶點		
		字源「尔」演化而來。		

筆順

＼	ン		

習字帖

ン	ン	ン	ン

🌸 邊學 50 音・邊學常用單字 🔊 62

片仮名 ▶▶ 清音・鼻音

這幾個音，來看看有哪些常用單字，聽 MP3 念念看。

アメリカ
美國

フランス
法國

イタリア
義大利

ロシア
俄羅斯

タイ
泰國

アフリカ
非洲

ハワイ
夏威夷

ホンコン
香港

ナイフ
刀子

タオル
毛巾

ミルク
牛奶

ワイン
葡萄酒

ステレオ
音響

カメラ
照相機

アイロン
熨斗

マウス
滑鼠

クリスマス
聖誕節

ネクタイ
領帶

ホテル
旅館

レストラン
餐廳

レタス
萵苣

レモン
檸檬

トマト
蕃茄

メロン
哈密瓜

ハム

火腿

キムチ

泡菜

ライス

米飯

ランチ

午餐

🌸 小測驗 7

一、填出表中的片仮名

	a行	ka行	sa行	ta行	na行	ha行	ma行	ya行	ra行	wa行	鼻音
a段		カ	サ		ナ	ハ	マ				ン
i段	イ		シ	チ		ヒ		×	リ	×	×
u段		ク		ツ			ム	ユ	ル	×	×
e段	エ		セ		ネ		メ	×	レ	×	×
o段	オ	コ		ト	ノ	ホ		ヨ		ヲ	×

二、聽 MP3 寫出片仮名 🔊 63

◆ 清音

1. ___ア___   6. _____

2. _____   7. _____

3. _____   8. _____

4. _____   9. _____

5. _____   10. _____

片仮名　濁音 ◀)64

【學習技巧與規則】▶▶

說明：　清音的 10 個行音中，只有 4 個行音可以變化成濁音。分別為
「カ行音」、「サ行音」、「タ行音」、「ハ行音」。

標示方法：在仮名的右上角加上兩點「 ゛ 」。例：カ → ガ

發音方法：清音變成濁音之後，唸法上也會同時產生音變。
如下所示。

◆ 音變

| カ行音 → ガ行音　ka → ga | タ行音 → ダ行音　ta → da |
| サ行音 → ザ行音　sa → za | ハ行音 → バ行音　ha → ba |

清音

カ ka	サ sa	タ ta	ハ ha
キ ki	シ shi	チ chi	ヒ hi
ク ku	ス su	ツ tsu	フ fu
ケ ke	セ se	テ te	ヘ he
コ ko	ソ so	ト to	ホ ho

→

濁音

ガ ga	ザ za	ダ da	バ ba
ギ gi	ジ ji	ヂ ji	ビ bi
グ gu	ズ zu	ヅ zu	ブ bu
ゲ ge	ゼ ze	デ de	ベ be
ゴ go	ゾ zo	ド do	ボ bo

🌸 **ガ行** 🔊 65

ガ	ギ	グ	ゲ	ゴ

カ→ガ　ga

ガ	ガ					

キ→ギ　gi

ギ	ギ					

ク→グ　gu

グ	グ					

ケ→ゲ　ge

ゲ	ゲ					

コ→ゴ　go

ゴ	ゴ					

🌸 **ザ行** ◀)) 66

ザ	ジ	ズ	ゼ	ゾ

サ→ザ　za

ザ	ザ						

シ→ジ　ji

ジ	ジ						

ス→ズ　zu

ズ	ズ						

セ→ゼ　ze

ゼ	ゼ						

ソ→ゾ　zo

ゾ	ゾ						

🌸 ダ行 🔊 67

ダ	ヂ	ツ	デ	ド

タ → ダ　da

ダ	ダ						

チ → ヂ　ji

ヂ	ヂ						

ツ → ヅ　zu

ヅ	ヅ						

テ → デ　de

デ	デ						

ト → ド　do

ド	ド						

🌸 バ行 🔊 68

バ	ビ	ブ	ベ	ボ

ハ→バ　　ba

バ	バ						

ヒ→ビ　　bi

ビ	ビ						

フ→ブ　　bu

ブ	ブ						

ヘ→ベ　　be

ベ	ベ						

ホ→ボ　　bo

ボ	ボ						

🌸 邊學 50 音・邊學常用單字 🔊 69

片仮名 ▸▸ **濁音**

這幾個音，來看看有哪些常用單字，聽 MP3 念念看。

ドイツ
德國

カナダ
加拿大

ブラジル
巴西

アジア
亞洲

ロンドン
倫敦

ロサンゼルス
洛杉磯

オレンジ
柳橙

バナナ
香蕉

サラダ
沙拉

ドリンク
飲料

ゴルフ
高爾夫

ヨガ
瑜伽

バス
巴士

ハンドル
方向盤

ズボン
褲子

サングラス
太陽眼鏡

アルバイト
打工

ビジネスマン
商人

アルバム
相簿

ブラシ
刷子

片仮名　半濁音 🔊 70

學習技巧與規則 ▶▶

說明：　清音的 10 個行音中，只有 1 個行音可以變化成半濁音。為
　　　　「ハ行音」。

標示方法：在仮名的右上角加上句點「。」。例：**ハ→パ**

發音方式：清音變化成半濁音之後，念法上也會同時產生音變。
　　　　　如下所示。

◆ **音變**

ハ行音 → パ行音　　ha → pa

清音	濁音
ハ ha	パ pa
ヒ hi	ピ pi
フ fu	プ pu
ヘ he	ペ pe
ホ ho	ポ po

🌸 パ行 ◀》71

パ	ピ	プ	ペ	ポ

ハ→パ   pa

パ	パ						

ヒ→ピ   pi

ピ	ピ						

フ→プ   pu

ポ	ポ						

ヘ→ペ   pe

ペ	ペ						

ホ→ポ   po

ポ	ポ						

邊學 50 音・邊學常用單字 ◀》72

[片仮名] ▶▶ 半濁音

這幾個音，來看看有哪些常用單字，聽 MP3 念念看。

スペイン
西班牙

パリ
巴黎

ペキン
北京

パン
麵包

レシピ
食譜

プリン
布丁

ピアノ
鋼琴

プレゼント
禮物

ポスト
郵筒

ピンポン
乒乓球

片仮名 **促音** ◀》73

說明：將清音中的「ツ」變小。

標示方法：ツ → ッ＜如下所示＞

發音方式：拍數算進去但是不要發出聲。

◆ 平仮名促音

キツチン（ki tsu chi n）　　→　キッチン（ki ~~tsu~~ chi n）^c

スリツパ（su ri tsu pa）　　→　スリッパ（su ri ~~tsu~~ pa）^p

コロツケ（ko ro tsu ke）　　→　コロッケ（ko ro ~~tsu~~ ke）^k

シロツプ（shi ro tsu pu）　→　シロップ（shi ro ~~tsu~~ pu）^p

スイツチ（su i tsu chi）　　→　スイッチ（su i ~~tsu~~ chi）^c

チケツト（chi ke tsu to）　→　チケット（chi ke ~~tsu~~ to）^t

ポケツト（po ke tsu to）　　→　ポケット（po ke ~~tsu~~ to）^t

邊學 50 音・邊學常用單字 🔊 74

片仮名 ▶▶ **促音**

這幾個音，來看看有哪些常用單字，聽 MP3 念念看。

キッチン
廚房

スリッパ
拖鞋

コロッケ
可樂餅

ダイエット
減肥

ヨット
帆船

シロップ
糖漿

オリンピック
奧運

Olympics

ロボット
機器人

スイッチ
開關

サンドイッチ
三明治

ホッチキス
釘書機

クリップ
迴紋針

トラック
卡車

コップ
杯子

ポケット
口袋

チケット
票

ベッド
床

ペット
寵物

片仮名 **長音** ◀》75

說明： 片仮名的長音標示方法與平仮名的長音標示方法完全不同。
長音的部分一律用「－」來代替。

標示方法：例：アー、カー、……（如下所示）

發音方式：第一音拉長唸兩拍。

◆ 片仮名長音

アー、カー、サー、ター、ナー、ハー、マー、ヤー、ラー、ワー

イー、キー、シー、チー、ニー、ヒー、ミー　　　　リー

ウー、クー、スー、ツー、ヌー、フー、ムー、ユー、ルー

エー、ケー、セー、テー、ネー、ヘー、メー、　　　レー

オー、コー、ソー、トー、ノー、ホー、モー、ヨー、ロー

🌸 邊學 50 音・邊學常用單字 🔊 76

 **片仮名** ▶▶ **長音**

這幾個音，來看看有哪些常用單字，聽 MP3 念念看。

ノート
筆記本

スキー
滑雪

ギター
吉他

ライター
打火機

コーヒー
咖啡

ケーキ
蛋糕

ステーキ
牛排

ラーメン
拉麵

レポート
報告

タクシー
計程車

テーブル
桌子

コンサート
演奏會

ジーンズ
牛仔褲

セーター
毛衣

スポーツ
運動

サッカー
足球

インターネット
網際網路

ホームページ
首頁

コンピューター
電腦

片仮名 拗音 ◀》77

學習技巧與規則 ▶

說明： 拗音是由一個大仮名和一個小仮名組成。

大仮名：除了 イ 以外的 イ 段音→ キ 、 シ 、 チ 、 ニ 、 ヒ 、 ミ 、 リ
ギ 、 ジ 、 ヂ 、 ビ 、 ピ

小仮名： ャ 、 ュ 、 ョ

標示方法：

キャ

大仮名　　　　　　　　　小仮名

發音方式：大仮名和小仮名拼起來，合發一個音。

◆ 拗音的全部組合

キャ	シャ	チャ	ニャ	ヒャ	ミャ	リャ
kya	sha	cha	nya	hya	mya	rya
キュ	シュ	チュ	ニュ	ヒュ	ミュ	リュ
kyu	shu	chu	nyu	hyu	myu	ryu
キョ	ショ	チョ	ニョ	ヒョ	ミョ	リョ
kyo	syo	cho	nyo	hyo	myo	ryo

ギャ	ジャ	ヂャ	ビャ	ピャ
gya	ja	ja	bya	pya
ギュ	ジュ	ヂュ	ビュ	ピュ
gyu	ju	ju	byu	pyu
ギョ	ジョ	ヂョ	ビョ	ピョ
gyo	jo	jo	byo	pyo

邊學 50 音・邊學常用單字  78

 片仮名 ▶▶ 拗音

這幾個音，來看看有哪些常用單字，聽 MP3 念念看。

 キャベツ
高麗菜

ギャル
女孩

キャッシュ
現金

シャツ
襯衫

シャンパン
香檳

シャープペンシル
自動鉛筆

シャワー
淋浴

シャンプー
洗髮精

ジャム
果醬

シュークリーム
泡芙

ショッピング

購物

ジョギング

慢跑

チャンス

機會

チャレンジ

挑戰

ケチャップ

番茄醬

チューインガム

口香糖

チョコレート

巧克力

ニューヨーク

紐約

🌸 小測驗 8

聽 MP3 寫出片仮名 🔊 79

1. アメリカ

2. ＿＿＿＿＿

3. ＿＿＿＿＿

4. ＿＿＿＿＿

5. ＿＿＿＿＿

外來語的短縮 80

說明： 外來語是由世界各國的語言轉變而成，但為了使用上的方便，便將太長的單字短縮成較短的單字；或者將兩個以上的單字短縮成一個單字來使用。如下所示：

未短縮單字	短縮單字
エアコンディションナー	エアコン（空調）
デジタル　カメラ	デジカメ（數位相機）
パーソナル　コンピューター	パソコン（個人電腦）
ノートパーソナルコンピューター	ノートパソコン（筆記型電腦）
リモート　コントロール	リモコン（遙控器）
コンビニエントストア	コンビニ（超商）
スーパーマーケット	スーパー（超市）
デパートメント　ストア	デパート（百貨公司）
アパートメント	アパート（公寓）

🌸 特殊音 ◀) 81

外來語中，有些音超越了清音、濁音、半濁音、拗音的範圍，所以以
拗音的標示方式，形成了特殊音。

ウィ	ウィスキー（威士忌）
ウェ	ノルウェー（挪威）　スウェーデン（瑞典）
ウォ	ウォーター（水）
ヴィ	ヴィーナス（維娜斯）
グァ	グァバ（芭樂）
シェ	シェーバー（刮鬍刀）　シェリー（雪莉（英文名））
ジェ	ジェーアール（JR（日本國鐵））　ジェットコースター（雲宵飛車）
チェ	チェア（椅子）　チェリー（美國櫻桃）　チェック（確認）
ファ	ファックス（FAX.傳真）　ファイル（檔案） ファミリーレストラン（家庭餐廳）　ファン（粉絲） ファーストフード（速食）
フェ	フェリー（渡輪）　フェイスタオル（洗臉毛巾）
フォ	フォーク（叉子）　フォーカス（焦點）　テレフォン（電話）
ティ	ミルクティー（奶茶）　パーティー（舞會） スパゲティ（義大利麵）　ティッシュペーパー（衛生紙）
ディ	シーディー（CD）　ディスカッション（討論） ディスコ（迪斯可）

發音：ヴ /v/

文字的混合 ◀》82

片仮名除了單獨存在外。有時也會與其他文字組合在一起，可分成
三個類型。

片仮名＋漢字：アメリカ人　ペキン語　フランス語
　　　　　　　　ローマ字　キリスト教　ウーロン茶
　　　　　　　　ワイン売り場

漢字＋片仮名：南アフリカ　歯ブラシ　通勤ラッシュ
　　　　　　　　電子レンジ　消しゴム　卒業アルバム

英文字＋片仮名：Eメール

a、b、cの読み方

因為日文發音沒有捲舌音，所以英文字母唸法也略有不同。

英文字母屬於外來語，所以通常用片仮名來表示。

A	エー	N	エヌ
B	ビー	O	オー
C	シー	P	ピー
D	ディー	Q	キュー
E	イー	R	アール
F	エフ	S	エス
G	ジー	T	ティー
H	エッチ、エイチ	U	ユー
I	アイ	V	ヴィ、ビィ
J	ジェー	W	ダブリュー
K	ケー	X	エックス
L	エル	Y	ワイ
M	エム	Z	ゼット

🌸 50 音總複習

一、填出表中的平仮、片仮名

A. 填出表中的平仮名

	a行	ka行	sa行	ta行	na行	ha行	ma行	ya行	ra行	wa行	鼻音
a段		か			な		ま		ら		
i段	い		し	ち				×	り	×	×
u段	う	く				ふ		ゆ		×	×
e段			せ			へ		×		×	×
o段				と	の		も			を	×

B. 填出表中的片仮名

	a行	ka行	sa行	ta行	na行	ha行	ma行	ya行	ra行	wa行	鼻音
a段	ア			タ				ヤ	ラ	ワ	
i段		キ			ニ		ミ	×		×	×
u段	ウ		ス		ヌ	フ				×	×
e段		ケ		テ		ヘ		×		×	×
o段			ソ				モ		ロ		×

C. 聽 MP3 寫出平仮名 🔊 83

◆ 清音・鼻音

1. ＿＿ほし＿＿

2. ＿＿＿＿＿

3. ＿＿＿＿＿

4. ＿＿＿＿＿

5. ＿＿＿＿＿

6. ＿＿＿＿＿

7. ＿＿＿＿＿

8. ＿＿＿＿＿

9. ＿＿＿＿＿

10. ＿＿＿＿＿

11. ＿＿さくら＿＿

12. ＿＿＿＿＿

13. ＿＿＿＿＿

14. ＿＿＿＿＿

15. ＿＿＿＿＿

16. ＿＿＿＿＿

17. ＿＿＿＿＿

18. ＿＿＿＿＿

19. ＿＿＿＿＿

20. ＿＿＿＿＿

21. ＿＿＿＿＿

22. ＿＿＿＿＿

23. ＿＿＿＿＿

24. ＿＿＿＿＿

25. ＿＿＿＿＿

26. ＿にわとり＿

27. ＿＿＿＿＿

28. ＿＿＿＿＿

29. ＿＿＿＿＿

30. ＿＿＿＿＿

31. ＿＿＿＿＿

32. ＿＿＿＿＿

33. ＿＿＿＿＿

34. ＿＿＿＿＿

◆ 濁音

1. ＿＿だんご＿＿

2. ＿＿＿＿＿＿

3. ＿＿＿＿＿＿

4. ＿＿＿＿＿＿

5. ＿＿＿＿＿＿

◆ 半濁音

1. ＿＿でんぱ＿＿

2. ＿＿＿＿＿＿

◆ 促音

1. ＿＿びっくり＿＿

2. ＿＿＿＿＿＿

◆ 長音

1. ＿＿こおり＿＿

2. ＿＿＿＿＿＿

3. ＿＿＿＿＿＿

4. ＿＿＿＿＿＿

5. ＿＿＿＿＿＿

◆ 拗音

1. ＿＿おちゃ＿＿

2. ＿＿＿＿＿＿

3. ＿＿＿＿＿＿

4. ＿＿＿＿＿＿

5. ＿＿＿＿＿＿

D. 聽 MP3 寫出片仮名 ◀) 84

1. ＿＿ア＿＿

2. ＿＿＿＿＿＿

3. ＿＿＿＿＿＿

4. ＿＿＿＿＿＿

5. ＿＿＿＿＿＿

6. ＿＿＿＿＿＿

7. ＿＿＿＿＿＿

8. ＿＿＿＿＿＿

9. ＿＿＿＿＿＿

10. ＿＿＿＿＿＿

11. ＿＿サラダ＿＿

12. ＿＿＿＿＿＿

13. ＿＿＿＿＿＿

14. ＿＿＿＿＿＿

15. ＿＿＿＿＿＿

16. ＿＿＿＿＿＿

17. ＿＿＿＿＿＿

18. ＿＿＿＿＿＿

19. ＿＿＿＿＿＿

20. ＿＿＿＿＿＿

二、配合字源寫單字 85

■ 配合字源寫出空格的平仮名

1. 安心（＿＿んしん）

2. 以上（＿＿じょう）

3. 宇宙（＿＿ちゅう）

4. 増加（ぞう＿＿）

5. 機会（＿＿かい）

6. 会計（かい＿＿い）

7. 自己紹介（じ＿しょうかい）

8. 散歩（＿＿んぽ）

9. 寿司（＿＿し）

10. 世界（＿＿かい）

11. 太陽（＿＿いよう）

12. 知恵（＿＿え）

13. 天気（＿＿んき）

14. 止まる（＿＿まる）

15. 奈良（＿＿ら）

16. 比較（＿＿かく）

17. 不便（＿＿べん）

18. 部屋（＿＿や）

19. 保護（＿＿ご）

20. 週末（しゅう＿＿つ）

21. 由来（＿＿らい）

22. 参与（さん＿＿）

23. 利用（＿＿よう）

24. 留守（＿＿す）

25. お礼（お＿＿い）

26. お風呂（おふ＿＿）

27. 大和（だい＿＿）

三、平仮名⇆片仮名對照練習

A. 看平仮名寫出片仮名

◆ 平仮名 →片仮名

1. あ→＿＿＿
2. そ→＿＿＿
3. き→＿＿＿
4. せ→＿＿＿
5. つ→＿＿＿
6. たばこ→＿＿＿＿＿＿

B. 看片仮名寫出平仮名

◆ 片仮名→平仮名

1. ナ→＿＿＿
2. フ→＿＿＿
3. ム→＿＿＿
4. ラ→＿＿＿
5. メ→＿＿＿
6. クルマ→＿＿＿＿＿＿

四、主題式單字練習 50 音 🔊 86

看羅馬拼音寫出單字平仮名、片仮名

A. 四季

◆ 春

1. 桜（sa-ku-ra）

   ＿＿＿＿＿＿＿＿＿＿＿＿＿

2. 桜前線
   （sa-ku-ra-ze-n-se-n）

   ＿＿＿＿＿＿＿＿＿＿＿＿＿

3. お花見（o-ha-na-mi）

   ＿＿＿＿＿＿＿＿＿＿＿＿＿

4. お酒（o-sa-ke）

   ＿＿＿＿＿＿＿＿＿＿＿＿＿

5. 団子（da-n-go）

   ＿＿＿＿＿＿＿＿＿＿＿＿＿

6. 暖かい（a-ta-ta-ka-i）

   ＿＿＿＿＿＿＿＿＿＿＿＿＿

◆ 夏

1. 海（u-mi）＿＿＿＿＿＿＿＿＿

2. 花火（ha-na-bi）

   ＿＿＿＿＿＿＿＿＿＿＿＿＿

3. 花火大会（ha-na-bi-ta-i-ka-i）

   ＿＿＿＿＿＿＿＿＿＿＿＿＿

4. 浴衣（yu-ka-ta）

   ＿＿＿＿＿＿＿＿＿＿＿＿＿

5. 鰻（u-na-gi）＿＿＿＿＿＿＿

6. 氷（kō-ri）＿＿＿＿＿＿＿＿

7. かき氷（ka-ki-gō-ri）

   ＿＿＿＿＿＿＿＿＿＿＿＿＿

8. 暑い（a-tsu-i）

   ＿＿＿＿＿＿＿＿＿＿＿＿＿

◆ 秋

1. 紅葉（mo-mi-ji）

_____

2. 秋刀魚（sa-n-ma）

_____

3. 栗（ku-ri）

_____

4. 柿（ka-ki）

_____

5. 涼しい（su-zu-shi-i）

_____

◆ 冬

1. 雪（yu-ki）

_____

2. 雪達磨（yu-ki-da-ru-ma）

_____

3. 雪合戦（yu-ki-ga-s-se-n）

_____

4. 雪祭り（yu-ki-ma-tsu-ri）

_____

5. お鍋（o-na-be）

_____

6. 寒い（sa-mu-i）

_____

B. 日本地圖（都道府県→１都１道２府４３県）

◆ 清音

1. 大阪（Ō-sa-ka）

_____

2. 福岡（Fu-ku-o-ka）

_____

3. 広島（Hi-ro-shi-ma）

_____

4. 青森（A-o-mo-ri）

_____

5. 岡山（O-ka-ya-ma）

_____

6. 熊本（Ku-ma-mo-to）

_____

7. 沖縄（O-ki-na-wa）

_____

◆ 濁音、半濁音

1. 名古屋（Na-go-ya）
　──────────────

2. 神戸（Kō-be）
　──────────────

3. 佐賀（Sa-ga）
　──────────────

4. 長崎（Na-ga-sa-ki）
　──────────────

5. 鹿児島（Ka-go-shi-ma）
　──────────────

◆ 促音

1. 北海道（Ho-k-ka-i-dō）
　──────────────

2. 札幌（Sa-p-po-ro）
　──────────────

◆ 拗音

1. 東京（Tō-kyō）
　──────────────

2. 京都（Kyō-to）
　──────────────

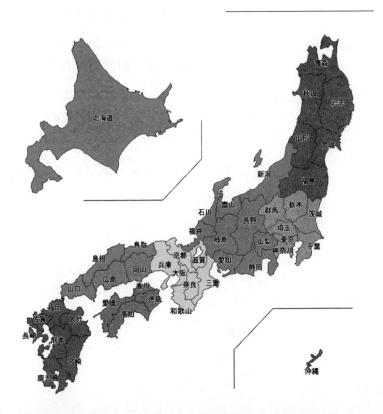

187

C. 日本交通

1. 新幹線（shi-n-ka-n-se-n）

_____

2. 電車（de-n-sha）

_____

3. 地下鉄（chi-ka-te-tsu）

_____

4.（mo-no-rē-ru）（片仮名）

_____

5.（ba-su）（片仮名）

_____

6.（ta-ku-shī）（片仮名）

_____

7. 飛行機（hi-kō-ki）

_____

D. 日本品牌：片仮名練習

1. JR

_____

2. MOS

_____

3. McDonald (Ma-k-ku)
   (Ma-ku-do-na-ru-do)

_____

4. 豐田（TOYOTA）

_____

5. 本田（HONDA）

_____

6. 三菱（MITSUBISHI）

_____

7. 資生堂（SHISEIDO）

_____

8. 植村秀（SHU UEMURA）

_____

E. 身體五官

1. 髮（ka-mi）
   _____

2. 顏（ka-o）
   _____

3. 額（hi-ta-i）
   _____

4. 目（me）
   _____

5. 耳（mi-mi）
   _____

6. 手（te）
   _____

7. 膝（hi-za）
   _____

8. 足（a-shi）
   _____

9. 睫（ma-tsu-ge）
   _____

10. 鼻（ha-na）
    _____

11. 頰（hō）
    _____

12. 口（ku-chi）
    _____

13. 股（mo-mo）
    _____

14. 踵（ka-ka-to）
    _____

F. 手指

1. 親指（o-ya-yu-bi）
   _____

2. 人差し指（hi-to-sa-shi-yu-bi）
   _____

3. 中指（na-ka-yu-bi）
   _____

4. 薬指（ku-su-ri-yu-bi）
   _____

5. 小指（ko-yu-bi）
   _____

G. 家人（敬稱・謙稱）

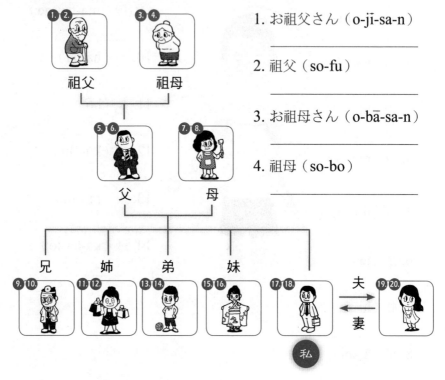

1. お祖父さん（o-jī-sa-n）
   _____

2. 祖父（so-fu）
   _____

3. お祖母さん（o-bā-sa-n）
   _____

4. 祖母（so-bo）
   _____

5. お父さん（o-tō-sa-n）
   _____

6. 父（chi-chi）
   _____

7. お母さん（o-kā-sa-n）
   _____

8. 母（ha-ha）
   _____

9. お兄さん（o-nī-sa-n）
   _____

10. 兄（a-ni）
    _____

11. お姉さん（o-nē-sa-n）
    _____

12. 姉（a-ne）
    _____

190

13. 弟さん（o-tō-to-sa-n）

_____

14. 弟（o-tō-to）

_____

15. 妹さん（i-mō-to-sa-n）

_____

16. 妹（i-mō-to）

_____

17. ご主人（go-shu-ji-n）

_____

18. 夫（o-t-to）

_____

19. 奥さん（o-ku-sa-n）

_____

20. 妻（tsu-ma）

_____

H. 顔色

1. 赤（a-ka）

_____

2. 青（a-o）

_____

3. 黄色（ki-ro）

_____

4. 緑（mi-do-ri）

_____

5. 紫（mu-ra-sa-ki）

_____

6. 灰色（ha-i-i-ro）

_____

7. 茶色（cha-i-ro）

_____

8. （o-re-n-ji）（片仮名）

_____

9. （pi-n-ku）（片仮名）

_____

Notes

Chapter 3

帶著50音體驗日本文化

跟著隆一郎一起看看日本的節日活動、禮儀、緣起物、住宅、武術、詩歌、飲食文化，順道認識文化相關的字詞，體驗日本的文化風情！

3-1 日本的節日與活動

1 歲末師走

> 一路看過春櫻、夏蟲、秋楓，接著就是冬雪，冬季裡的風物詩讓人聯想到的是一片雪白世界，不過日本的冬天可不只有蒼茫寒冷，也許是因為寒冬中更需要溫暖，許多浪漫的事情就適合在這個季節進行。

　　廣告裡常會出現穿著厚羽絨，在積雪的路上舉步維艱，然後笨手笨腳的從口袋裡拿出熱烘烘飲料的男主角；街道上各種大型聖誕點燈裝飾，把整個城市裝扮地閃閃發亮好不動人；小孩子們則期待能從聖誕老人那裡得到禮物；B'z 的「不知何時的聖誕節」、桑田佳佑的「白色戀人們」、雷密歐羅曼（レミオロメン）的「粉雪」等等「冬季定番」情歌，每到這個時候又出現在唱片排行榜中，讓人感染著冬季的美麗旋律；色彩繽紛的大衣、圍巾、手套、暖暖包也紛紛出籠，溫暖我們的身心。所以，日本的冬季一點也不寂寞冰冷，反而是最溫馨有情的季節。

　　其實，十二月在日文中又別名「師走（しわす）」。不過，「走」在日文中可一點也不慢，其實是「跑」的意思。為什麼十二月會被稱為師走呢？最常見的由來是：到了年末，連平日氣定神閒的和尚們也得為了佛事到處忙碌奔走，其他人更是可想而知，而這裡的「師」到現在被延伸解釋為老師、師匠等，所以「師走」的

十二月是日本人一年中最忙碌的月份。

因為日本過的是新曆年，到了十二月底，上班族趕公司年末結算，學生趕期末考，主婦們還得為做年菜的應景料理大採買，人們還忙著在年底前寄送賀年卡，而幾乎每個人和家庭都要採購年末送禮，日文稱為「歲暮（せいぼ）」的物品。還要進行一年一度把汙塵都清掃出去的大掃除。

▲冬天一到，日本各地就會展開聖誕點燈，讓冬季成為最璀璨閃亮的季節，也讓人們覺得倍加溫暖。

不過在這最忙碌的一個月中，最大的重頭戲就是「忘年会（ぼうねんかい）」。所謂的忘年会，類似中國傳統的尾牙。通常是老闆為了犒賞員工一年辛苦努力而設的宴會。不過日本人強調的卻是「忘」的文化，好的事情已經享受過了，應該忘了；壞的事情也已經痛苦過了，更應該徹底遺忘，忘記逝去的一年，才是最好的。所以忘年会的主持人在舉起酒杯時會高喊：「把今年的好事壞事都忘記，明年一起加油努力吧！」寄託著對未來美好的祝願。

日本人的十二月真的得四處奔走，非常忙碌，但是日本人卻不覺得辛苦，反而充滿幹勁，因為人人都在期待這一年忙碌的結尾結束後，可以好好迎接即將到來的新年！

▲對生長在亞熱帶的台灣民眾來說，日本冬天的雪花與雪景是再誘人不過的，冬雪，正是日本冬季裡最美的風物詩。

▲12月時，連平日過得很悠閒的人們（包括老師、師父級的人物）也不免到處為歲末各種活動奔走，所以又稱為「師走」。

▲年底的重頭戲─忘年會舉辦的初衷是「辭舊迎新」，忘記逝去的一年，才能迎接美好的新年。

日本歲末的傳統

表達感謝的お歲暮

為了表示受到對方照顧及幫忙的感謝之意，日本人到年底有贈禮的習慣，通常是在十二月中旬～下旬期間贈送，這個傳統習俗稱為「お歲暮」。「お歲暮」的由來據說源自古時候新年祭祖的習慣，出嫁後或成家後的親戚在新年回家團聚時，都會各自準備祭祖用的祭祀品來祭祀祖先。以前大家所準備的是在過年時需要的東西，例如鹹鮭魚、鹹鰤魚、魷魚、糯米團等，現今則演變為各式各樣的禮品。

送禮的金額和件數

以 5,000 日圓和 3,000 日圓的商品為主流		
	全體	東京	大阪
平均件數（件）	4.2	4.5	3.8
平均金額（日圓）	4,263	4,228	4,350

お歳暮禮品人氣排行

最想贈送的
東西前 5 名
1. 啤酒
2. 產地直送的生鮮食品
3. 咖啡
4. 火腿／香腸
5. 調味料・沙拉油

最想收到的
東西前 5 名
1. 禮券
2. 啤酒
3. 產地直送的生鮮食品
4. 咖啡
5. 火腿／香腸

年賀狀的寄送

　　每到新年時，有個非常熱門的全民運動：寄年賀狀，就是賀年卡。藉此表達對親人、朋友的關愛及祝福之情。這種傳統習俗在明治維新過後，隨著郵便制度的發達而普及，至今依然魅力十足。根據日本郵局的統計，近年來，日本賀年卡的發行量保持在 40 億張以上，每人平均寄出 30 張以上，高居世界第一。

年賀狀怎麼寫？

- 賀年卡是恭賀新禧，祝福對方新的一年順利、幸福的問候，通常在 12 月 20 日前寄出，對方則會在隔年的 1 月 1 日收到卡片，因此賀年卡上書寫的是新年的年份以及「一月一日」或者是「元旦」等字樣。
- 到 1/7 止可稱為「年賀狀」，過了之後就稱為「盛寒問候卡」。

197

用「心」開始

迎接新的一年

舊的一年又過去了，由每年歲末播放的 NHK「紅白歌唱大賽」開始，到傳統寺廟神社響起的除舊鐘聲，新舊面貌交織的日本新年，在 1 月 1 日莊嚴而華麗的展開。

傳統的日本迎接新年時有各種各樣的習俗。例如，在門前裝飾門松和稻草繩結等裝飾物，迎接神明的到來，或是吃年糕、賀年菜，喝屠蘇酒等，表示吉祥好運、驅邪消災。而現在，新年首賣的福袋則搶盡鋒頭。每到除夕夜，在各大百貨公司、購物商場

▲很多學校還會舉辦初書大會，在一年初始好好計畫一整年的目標。

中皆可看到大排長龍的盛況，人們熱情參與新年首賣變成日本新年特有的景象。

凌晨 12 點新年到來時，從全國各地大大小小寺院傳來的除夕夜鐘聲響徹整個日本。除夕夜的鐘聲在新舊年交替之際要敲一百零八下，日本人認為，每敲一下就會去掉一種煩惱，敲一百零八下，意味著清除所有的煩惱。

不過，日本人更重視在新的一年所有的「第一次」，所以便有了「初日の出（はつひので）」、「初詣（はつもうで）」、「初夢（はつゆめ）」、「初遊（はつあそび）」、「書き初め（かきぞめ）」等等，象徵新年新氣象的日文表現。

　　新的一年最初升上天空的太陽，稱為「初日之出」，日本人相信元旦的日出具有特別的神奇力量，在明治時代以後向元旦日出祈禱的習俗開始盛行，元旦當天黎明前會有絡繹不絕的人群湧到能眺望日出的山頂或高樓展望台，當太陽冉冉升起時，向第一個旭日祈求新的一年好運連連，並說出自己今年的雄心壯志，在這感人的一瞬間，讚歎聲、歡呼聲響成一片。

　　元旦當天去神社或是寺廟的初次參拜稱為「初詣」，平常很少有機會去神社或是寺廟參拜的人，也會在這一天去神社或寺廟，祈求家人新的一年健康、平安。

　　而初一當晚所做的夢就叫作「初夢」，由夢境來預測一整年的運勢。日本有句跟德川家康有關的俗諺：「一富士、二鷹、三茄子」，只要夢到這幾樣東西都是好夢。過年期間玩的遊戲，便叫作「初遊」，擲骰子、拍羽毛毽子、放風箏、笑福來或是搶紙牌都是讓大人和小孩在新年中可以盡情歡笑的傳統遊戲。

　　此外，古時候日本人習慣在初二進行過年後第一次的書寫和繪畫，面朝著吉祥的方位書寫詩歌，稱為「初書」。江戶時代起民間逐漸流行初書的習慣，時至今日，現代人則習慣趁著初書時，把新的一年的抱負與計畫好好整理下來。

　　這些新年的第一次，凝聚了許多必須用心去體會感受的含意在裡面，跟著日本人過新年，也讓我們得以細細品味生活。

▲除夕夜的鐘聲在新舊年交替之際要敲 108 下，「聞鐘聲，煩惱清」，意味著清除去年的所有煩惱。

▲元旦當天許多人會到神社或寺廟參拜，祈求新的一年平安順遂。

▲日本有元旦早晨，參拜剛剛從海平面升起的日出的習俗，在旭日初生的那瞬間，許下自己的新年願望和雄心壯志。

快樂過新年
Happy New Year

日本有哪些常見的年節物品或活動、遊戲呢？以下分別介紹與年節有關的民俗活動：

壓歲錢
（お年玉＝Otoshidama）

「年玉」就是日文裡的紅包，但是指的是給比自己年紀或地位小的人，如果是給長輩的紅包，則稱為「お年賀（＝Onenga）」

玩陀螺
（独楽＝Koma）

陀螺據說是奈良時代從唐朝經過高麗（koma）傳到日本，所以就被稱之為「こま」。

畫福
（福笑い＝Fukuwarai）

「笑門來福」是非常吉利的一句話，畫福是在一個只畫有臉的紙上，遮住玩家的雙眼，把眼睛、鼻子和耳朵，這些用紙做成的五官，排到上面做出臉來的遊戲。

詩人撲克
（かるた＝**Karuta**）

一個人吟詩，其他人尋找印有這首詩的牌子，講求速度。決定好朗讀者跟搶奪者後，朗讀者就要把寫在牌上的文章念出來，搶奪者則要聽被念出來的文章，把寫有開頭第一個平仮名的牌給搶過來，搶到最多的人就是贏家。是很適合用來學習日語的好遊戲。

彈羽球
（羽根つき＝**Hanetsuki**）

彈羽球可以把不好的事情彈掉，祈求孩子們在新的一年裡平安成長。若是沒有彈到會在臉上塗黑墨，代表除去壞事。

放風箏
（凧揚げ＝**Takoage**）

有「在立春的季節面向天空也是養生之道」的說法，所以人們就開始在立春時節放起風箏了。

日本情人節

情人節的由來

1936年

神戶有一家叫做
莫洛佐夫的巧克力廠家
第一次把這個歐洲的習慣
介紹到日本。

1958年

東京新宿的伊勢丹百貨做了
一個 <情人節女性向男性贈
送巧克力>的宣傳活動,
讓女生有告白的機會。

1970年代

情人節時,女生送男生巧克
力變成了固定的習慣。

1980年代

白色情人節和義理巧克力
也開始普及化。

白色情人節

3月14日被稱為白色情人節,
在情人節那天收到女生巧克力的男生,
必須要在這一天送女生點心或禮物來當做回禮,
所以有收到很多巧克力的男生, 可就很辛苦了。

給不同對象的巧克力

	送禮對象	平均預算
本命巧克力 （本命チョコ＝ほんめいちょこ）	送給真命天子。 很多女生會親手做巧克力。	約2000日圓
義理巧克力 （義理チョコ＝ぎりちょこ）	送給男性友人或公司上司， 用來表現平時照顧的感謝之意。	約500日圓
友情巧克力 （友チョコ＝ともちょこ）	女性朋友之間 互相贈送的巧克力或小點心。 特別是年齡層越低的女生， 主要都是送友情巧克力為主。	約400日圓
自己巧克力 （自分チョコ＝じぶんちょこ）	送給自己， 以獎勵自己平日的努力。	約650日圓
家人巧克力 （ファミチョコ＝ふぁみちょこ）	送給家人。	約400～500日圓

情人節禮物排行榜

其他 18.9%

巧克力+禮物 18.2%

巧克力 62.9%

親手製作禮物 26.2%

購買市面的商品 73.8%

其他 20.1%

衣服或飾品 （如：毛衣、領帶） 45.0%

飲料 （如：紅酒、咖啡） 16.3%

生活用品 （如：手錶、鋼筆） 18.6%

日本兒童節

「子どもの日」（こどもの
ひ），指的就是「兒童節」。在我
的印象中，小時候的兒童節，學校
會準備一小包禮物給每一位小朋
友，祝福大家都能有個快樂的兒童
節。台灣的兒童節在 4 月 4 日；
日本的兒童節在 5 月 5 日。在這
一天，有男孩的家庭會紛紛在自家

門口掛上鯉魚旗──鯉幟（こいのぼり），家裡則會擺出武士用的
頭盔等裝飾。為什麼要擺出這些裝飾品呢？

日本以前所採用的曆法，是中國的太陰曆。5 月 5 日，其實是
端午節。據說，在日本，端午節原本是女生的節日。但大約從鎌倉
時代開始，由武士所執政的幕府開始掌權，日本的社會結構從此有
了不同的轉變。端午，成為男孩子的節日。因此人們會在家中擺出
頭盔、盔甲、武士刀或是擺出金太郎等武士的人偶，還會插上「菖
蒲花」，因為其日語發音和「尚武」的發音一樣，庭院中則會插上
「鯉魚旗」。而擺「頭盔」的意義是希望其能保護孩子平安、健康
長大。插「鯉魚旗」則源自於中國的典故──鯉躍龍門。祝福孩子
努力、力爭上游，在人生的舞台上發光發熱。

到了現代，因為日本的兒童節被訂為國定假日，所以全國都休
假。希望透過紀念這個節日，祝福孩子們能夠健全的發展，並且感
謝偉大的母親。

5

日本成人式

在日本有一個年輕人非常重視的節日，
就是一月的第二個星期一，日本的「成年禮」。
成年禮在日本被稱為「成人式（せいじんしき）」，
這一天同時也是國定假日，
以便父母親能夠陪孩子參加成人禮的儀式。

圖片來源／達志影像

日本法律規定滿 20 歲才是成年，所以即將滿 20 歲或是剛滿 20 歲的人才有資格參加成人式。這一天日本的街道會變得五彩繽紛，因為參加成人式的「新成人」們無一不慎重出席，男生穿正式西裝，女生則穿和服，從髮型妝容甚至到指甲都精心打扮，驚豔動人。

成人式當天在日本國內各縣市鄉鎮，都會舉辦慶祝典禮。地方上的大家長或是代表性人物會上台致詞，給予年輕人們叮嚀和祝福，這些新成人還會進行宣誓，希望自己

▲許多女孩會在成人式這天特地去照相館拍照，留下最青春美麗的倩影作紀念。

成為有用的大人等等，場面十分溫馨熱鬧。也有人會前往神社，感謝神靈和先祖的庇佑，祈求變成大人後也同樣得到保佑。晚上則在家與家人一同慶祝，大家吃著壽司向家裡的新成年者表達祝福。

很多重視成人式的家長會為子女們準備當天的禮物及服裝行頭，甚至不惜花費重金。根據日本票選最受歡迎成人式禮物的排行，第一名為項鍊，第二名是皮夾，第三名則是鑰匙夾。而按照傳統，女子在這天必須穿上長袖的和服，和服的價格非常驚人，有的甚至高達數百萬日圓以上，不過，最近選擇租和服的家庭越來越多。在成人式這天，日本人會特地身著美麗和服去照相館拍照紀念，幾年後，拿出當時所拍攝的相片，關於成人式的美好回憶浮上心頭。

對日本人來說，成人式是一種必經的過程，成年禮的精髓銘刻在人們的心中，它不僅僅只是一項儀式，而是生活的一部分，過了成人式才代表真正成為大人，從此邁開人生新的一步。

▲日本少女非常重視成人式的打扮，穿戴起嶄新的和服，紮起高高的雲髻，指甲畫上美麗彩繪，然後盛裝出席儀式。

▼成人式這天，為凡年滿 20 歲的男男女女們舉辦成年禮儀式。

▲成人式當天還會前往神社參拜，並接受廟方的祝福。

▼日本法律規定，需年滿 20 歲以上方可吸菸飲酒，所以在成人式結束後，大家便會小酌慶祝。

3-2 日本緣起物

1 緣起熊手

日本的各式祭典多半集中夏季，唯有「酉之市」是在秋末的11月登場，當天日本各地的鷲神社都會舉

▲熊手沒有定價，完全由買主和店家講價而定，愈華麗的熊手價錢愈貴，從數萬日圓到數十萬、甚至數百萬都有。

行集市，聚集販賣各式各樣的吉祥物攤販。有酉之市的神社很多，其中規模最大的是在淺草鷲神社的酉市，每年都吸引 70～80 萬人到這裡參拜。酉之市的發音（とりのいち）很像「雞市場」，賣的卻是長的像"耙子"的「緣起熊手」。

在古代中國和日本都使用天干地支來計算時辰，所以，60 年為一甲子；每 12 天就會再循環回到「酉の日（とりのひ）」。因此，我們將 11 月第一個酉の日稱為「一の酉（いちのとり）」；第二個酉の日稱為「二の酉（にのとり）」；第三個酉の日稱為「三の酉（さんのとり）」。據說，有第三個酉の日的那一年火災會很多，要特別小心注意用火（三の酉まである年は、火事が多いので気をつけよう：さんのとりまであるとしはかじがおおいのできをつけよう）。如果，只在白天鳴叫的雞，連夜晚都鳴叫了三次以上，那牠可能是在傳達「失火了」的訊息。因此，有三個酉の日的那一年商家還會在熊手上寫上「小心用火（火の用心：ひのようじん）」提醒大家。大概每隔一、兩年就會遇到有第三個酉の日的年份。

「酉の市」的緣由之一是：農民為了感謝豐收，因此到當地祭

祀鷲大明神的寺廟去供奉雞，祭祀完之後，再將雞放在寺廟前（古時當地人不僅雞，連雞蛋都不食用）。因為當地交通發達，商人也聚集於此販售許多物品，如此愈聚集愈大，就成了大型祭典和市集。

▲東京淺草的鷲神社規模最大，也號稱是酉之市起源發祥的神社，每年都吸引數十萬人到這裡拜拜。

熊手（くまで）就是竹耙子，緣起（えんぎ）就是吉祥之意，買了這個稱為 "熊手" 的吉祥物，表示可以把明年的好運、身體健康和生意興隆通通耙進門。既然熊手意味著用來抓住幸福，耙子上的裝飾物越多，似乎幸福就會越多，於是各式各樣代表五穀豐收，幸福慶賀的象徵都會出現在熊手上。七福神、鶴、龜、鯛魚、招財貓、稻穗、稻米或祝酒等等都是很常見的，貓頭鷹和面具也都會出現其中，買一支熊手就可以看到日本各式各樣的吉祥物。同時熊手也是生意人最愛的吉祥聖物，透過店家當場做的招財納福儀式，帶回家掛起來，可以保佑明年一整年事業順利、生意興隆。不過，買熊手的方式也很講究，首先必須把前一年的舊熊手先拿回神社繳回，接著才能挑選新熊手，同樣大小的熊手據說只能用三年，而且必須逐年加大升級，所以一開始如果太貪心，想把全世界的幸福都耙回家，之後就不知道怎麼收手囉！

「熊手」原本是聚集垃圾的髒東西，但是日本人卻將它轉化成能帶來好運的吉祥物。這是否意味著雖然滿是塵埃，但是踏實付出、吃苦安命，走過堅忍的過程才能向上成長，欣欣向榮。

2

大家看日劇或是到日本神社
參拜時，除了御守之外，是否還
有看到一塊一塊五角形狀，上面
寫著願望的板子呢？那些彩色的
小塊板子，叫做「繪馬」（え
ま）。

據說，奈良時代日本的神社
會供奉馬給神作為坐騎使用，但
是因為馬的價格太高，而照顧神馬的工作也不容易。漸漸地，就開
始流行用木頭、紙、土做馬來代替。到了平安時代就轉變成在板子
上畫馬的圖像來取代。而到了室町時代，不僅是馬的圖畫，在供奉
狐狸的神社就出現了畫著狐狸圖案的繪馬，其他還有畫著菩薩像的
繪馬。

江戶時代起，開始流行在繪
馬上寫著祈求全家平安及商業興
盛的習慣。直到今日，現代的繪
馬上還會寫著學業順利以及大家
各式各樣的心願。

下次前往日本時，大家也可
以買繪馬回來送給親朋好友，祝
福大家心想事成。

達磨不倒翁

一個個濃眉大眼又圓滾滾的日本不倒翁，是日本傳統象徵百折不撓，願望一定會實現的吉祥物。日本人在新年或特別場合，會在神社購買達磨不倒翁，許願時先點上右眼，等願望實現時再點上左眼，帶回神社燒掉。不過不倒翁這個日本吉祥物，卻是起源於為人所熟悉的高僧—達摩祖師。

日文中的不倒翁，漢字寫為「達磨」，日文寫為「だるま」。「だるま」是用紙張黏貼而成，因此雖然看起來很大一個，但是拿起來卻相當輕盈。

其實早在江戶時代就已經有不倒翁這種玩具，之後又加上「達摩祖師」的真實故事，讓「達磨不倒翁（だるま）」成為最受歡迎的吉祥物，並且普及到日本各個家庭。為什麼日本人這麼喜愛達摩？據說達摩在中國嵩山少林寺面壁坐禪，一坐就坐了九年，達摩這種不屈不饒的意志，象徵著「七轉八起，百推不倒」，因此受到人們的尊重和喜愛。

按照傳統，一個人只能同時擁有一個達磨不倒翁娃娃，而且只能許一個願。通常不倒翁買回家時，都還沒有點眼開光，因為開光的步驟要自己來，才能美夢成真。許願者要先幫不倒翁的右眼畫上黑眼珠，等到願望實現了再幫左眼開光，如果願望沒有實現，許願者必須將這個達磨不倒翁送回到求得它的寺廟，以便和其他的一起燒掉。

　　每年 3 月 3 日～4 日在東京都調布市的深大寺舉行的達磨市集，寺院內外擺賣的攤子超過 300 個，從幾百日圓的可愛小型達磨至商家祈求生意興隆的幾萬日圓大型達磨都有出售，無數達磨堆積如山，場面十分壯觀，是購買達磨不倒翁娃娃的最好時機。

　　另外「だるま」中比較著名的有群馬縣高崎市產的高崎だるま。因為它的臉蛋造型是鶴眉龜鬚，身上大多寫著「福」字。因此又稱為「福だるま」。除了許願之外，還常被拿來於選舉時使用。

　　還有白河だるま，它的造型除了鶴眉龜鬚，還有耳朵旁的鬢角是松和梅的造型，下巴的鬍子則是竹子的形狀，相當豐富的臉型。

　　最後，大家猜猜看什麼是「雪だるま」？雪達磨？答案就是「雪人」。祝福大家能像「だるま」一樣，有滿滿的毅力和勇氣。

▲傳統的達磨不倒翁圓滾滾的，被漆成紅色，一張略顯慍怒的臉，濃重的眉毛和鬍鬚，象徵著勇氣和毅力。

▲東京深大寺達磨不倒翁市集歷史最悠久，每年3月3日～4日舉行。網址：http://www.jindaiji.or.jp

招財貓

▲招財貓的顏色也都具有不同的意義，粉色就是希望戀愛順利，紅色是身體健康，綠色是希望能金榜題名，金色是財運亨通，黃色是業務繁榮，藍色是運勢向上，黑色則是避邪保平安。

只要踏進日本的店家，就會發現門口放著一隻小貓，它永遠伸長著手，顯出討喜的神態歡迎客人到來，這就是招財貓（招き貓＝まねきねこ）。招財貓可以說是最有人氣的日本吉祥物，自古以來被日本視為招財招福的吉祥物，廣受各地喜愛。

　　招財貓的由來據說可以追溯到四百多年前的江戶時代，且以東京「豪德寺」的白貓救了彥根藩藩主的一命，使他免於被雷劈這個傳說最負盛名，這裡每年會舉行貓祭，加上靈貓救人的動人故事，是名符其實的貓寺。另有一說是在古時候的日本，因為貓能夠驅趕會吃農作物和傷害蠶的老鼠，因此，貓自然而然成為了農家的最愛。然而，在進入商業時代的現在，貓就成為了商業繁榮的象徵。

　　由於招財貓的神情可愛、討喜，看到招財貓伸長著手，一付招來錢財的樣子，馬上聯想到客多旺財，於是人們將它供在家中或店鋪，期待能招來福氣與財運。不過，招財貓的手勢是有講究的，正統的日本招財貓有公貓、母貓之分，公貓舉右手，象徵招財進寶、帶來好運，有招財、招福之意；母貓舉左手，象徵廣結善緣，有招呼客人之意。在日本一般店家擺放的多是母貓，因為日本人認為要有客人才會有錢潮。最近也有高舉雙手的招財貓，表示「財」和「客」都一起來了。而招財貓胸前掛著的金鈴，也有開運、招財、招福、緣起的意思。貓會報恩，具有靈性，只要你好好疼愛屬於你的招財貓，相信它一定會幫你抓住幸福的。

▲母的招財貓舉左手，代表招客；公的招財貓舉右手，代表招財招福。兩手都舉，招客又招財。

3-3　日本的禮儀

和室的禮儀

和室裡名媛紳士的一流禮儀

　　通常大家進入和室，不自覺就會拘謹起來，氣氛也比較緊張僵硬，這時候只要注意以下的基本知識，一定會讓人對你的國際文化造詣刮目相看。不要小看榻榻米房間，其實「和文化」的縮影盡在其中。

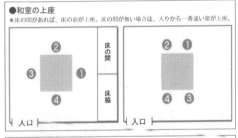

● 和室の上座
※床の間があれば、床の前が上座。床の間が無い場合は、入りから一番遠い席が上座。

座布団の座り方

三　中央まで来たら座ります
二　両手をついて、ひざで座布団の上に進んで
一　両手で座布団をひざの下に引き入れ

◆ 在和室裡面、「床の間」的前面為「上座」。簡單的說，就是離入口最遠的座位。相反的，「下座」是離入口最近的座位。分辨上下座位是首要禮儀，如果先抵達了，大家都還沒到，此時要坐在最末席等待。

213

在國外正式的場合和餐會，舉止禮儀非常重要，你吃什麼珍饈，穿什麼名牌，都不代表你的層次。你的舉止才是指標，學會了這門教養將會提升你公私兼具的競爭力。

「上座（かみざ）」：最年長的長輩或最高職位者的座位。
「下座（しもざ）」：晚輩或是最低職位者的座位。
「床の間（とこのま）」：有擺飾掛軸、陶器、插花等飾品的空間。是和室裡最神聖的空間。

◆ 腳不可以踏在座墊上面，移動座墊時必須用雙手，然後繞到座墊後方，之後再往前坐下。

◆ 走在榻榻米上要注意，盡量滑步不要踏步，而且盡量不要踩在榻榻米的鑲邊布上。

2 筷子的禮儀

日本料理是以筷子開始，也是以筷子結束

　　日本有一句話：「看你拿筷子就知道你的出身。」這句話意味著，在日本筷子的拿法正不正確，足以左右對一個人的評價。

正確的拿筷子方法

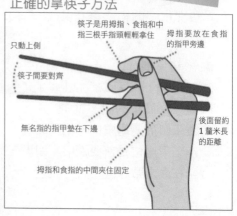

筷子是用拇指、食指和中指三根手指頭輕輕拿住
拇指要放在食指的指甲旁邊
只動上側
筷子間要對齊
無名指的指甲墊在下邊
後面留約1釐米長的距離
拇指和食指的中間夾住固定

使用筷子的禁忌

◆ 拾い箸＝ひろいばし。
　用筷子互相傳遞食物。
◆ 刺し箸＝さしばし。
　用筷子插食物。
◆ 迷い箸＝まよいばし。
　在菜盤上猶豫夾菜。
◆ 涙箸＝なみだばし。
　讓菜汁沿筷子滴下。
◆ せせり箸＝せせりばし。
　用筷子剔牙。

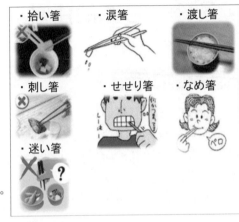

◆ 渡し箸＝わたしばし。把筷子橫放在碗盤上。
◆ なめ箸＝なめばし。舔筷子。

3 敬禮的角度

記住日本式的禮儀和打招呼日文

・點頭問好（15度）：
　おはようございます。
　さようなら。
　こんにちは。

・敬禮（30度）：
　しつれいします。
　しつれいしました。

・最敬禮（45度）：
　ありがとうございました。
　すみませんでした。

3-4　日本的住宅

障子（しょうじ）▶▶

平安時代所發展而起，是和風住宅中不可欠缺的建築道具之一。因為吸濕性和隔熱性高，所以可以將日光柔和的擴散。因為能映照出自然的亮光，因此給人內心柔和之感。

障子上紙張的替換

小時候，我也經常幫忙做這一件事。以漿糊和水黏貼，將和紙馬上黏上去是相當困難的。希望大家在日本時一定要體驗看看。

畳（たたみ）▶▶

畳，也就是我們常聽到的榻榻米，是舖在和室地板的建築材料。在溼氣重、夏季炎熱、冬季寒冷的日本，從古代以來就是住宅中不可或缺的存在。那是因為畳具有調整濕氣、阻斷熱度、防止噪音、以及空氣清淨的效果。

日本的榻榻米文化，使日本人有「正坐」的習慣。

座墊（座布団 ざぶとん）▶▶

- 座墊即使到現在也還是和室的用品之一。從古代所流傳下來的傳統至今。原本，是從位階較高的貴族開始使用。因此，座墊含有尊敬對方的心意。

- 拜訪別人時，如果被帶到和室，不可任意坐在座墊上。須先坐在疊上，再坐在引導人所建議的座墊上。此時，並非坐在腳上，而是屁股坐在膝蓋上正坐。

簾子（すだれ）▶▶

- 簾子主要是能夠避免日曬和讓風持續通過，具有一箭雙雕的雙重功效。

- 簾子主要是由竹子做成。作法是將竹子切細，再將細竹排成一定寬度之後，由棉繩綁成。

- 其他還有瓦片（瓦かわら）、拉門（襖ふすま）、暖爐桌（こたつ）、火鉢（ひばち）、鏡台（きょうだい）等日本獨特的物品。

3-5 日本的國技──相撲

相撲 すもう ▶▶

◆ 相撲起源

● 相撲歷史可追溯到 1500
  年前，是日本最早的競技
  活動；據說各部落間的領
  導權由相撲賽決定，獲勝
  者所屬的部落即有最高的
  地位。

● 相撲最早出現於宗教活
  動，在豐收的季節，民眾

圖片來源／達志影像

在神壇前舉行的慶祝活動之一，後來演變為武士的戰鬥訓練。

◆ 相撲一詞來自中國

● 西元 7 世紀允恭天皇的葬禮，當時中國曾派遣特使致意，並表演
  雅樂和舞樂。其中的舞樂，由力士裸露上身表演角力，稱為「素
  舞」，日文發音與今天所稱的相撲接近，據說這就是相撲一詞的
  起源。

◆ 相撲發展

● 16 世紀中期，在大將軍織田信長的推動之下達到全盛，比賽場
  地「土俵」的設立，也使相撲走向競技之路。

- 17 世紀的江戶時代，相撲真正走入民間。當時已出現了職業相撲力士，主要集中在江戶、京都等都會區，並有固定的組織。職業相撲迅速發展而平民化，也逐漸成為日本的國技。

◆ 連日本天皇都著迷的日本國技

- 古代相撲只能為天皇表演，「相撲節會」是宮中的重要儀式。相撲手將有幸上場視為畢生榮譽，人們亦把相撲手奉若英雄。

- 天皇和皇太子仍經常親臨比賽會場觀賞，這是其他運動所無法相比的，因此，相撲選手們自然受到社會尊敬，享有崇高的地位，戰績輝煌者更成為國民崇拜的偶像。

◆ 相撲生涯：十個等級

- [付人] 練習生，沒有薪水，很少的零用錢，需做雜役。
  [關取] 正式選手，有薪水。
  [付人] 序口→序二段→三段目→幕下
  [關取] 十兩→幕內→小結→關協→大關（小結、關協、大關又稱三役）
  [橫綱] 相撲界最高級力士，自江戶時代至今只有 69 人。

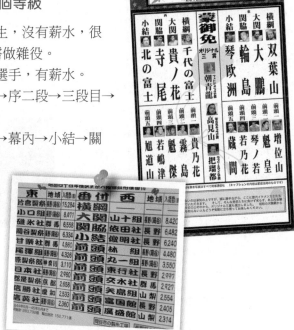

◆ 力士的一生

- 相撲力士有嚴格的選拔標準，年齡要在 18~35 歲之間，20歲之後要求身高一米七五以上，體重一百二十公斤以上。

- 相撲士要有驚人的食量，約是正常人的十倍。

- 專門的相撲料理——力士火鍋，是將各種高營養食物放在一個鍋裡燉煮，大家圍鍋而食，並且進餐後馬上睡覺。

相撲鍋

- 一流的相撲士的體形是巨大而呈梨狀的。

相撲的生活

- 森嚴的等級制度，相撲士從服飾髮式，到吃飯、上廁所、洗澡、乃至睡覺的生活細節，都要依相撲的等級列出嚴格的先後次序。

- 任何人進入專業相撲界，都必須從最低層做起。

- 低等級學徒要伺候師兄們的生活，從煮飯、洗衣、擦地，到訓練時的擦背遞水，不得有任何怨言。訓練時，也不許叫苦叫累。

- 平日嚴禁喝酒，不許隨便外出，每天早上五點起床訓練，晚上八、九點熄燈休息，日復一日，年復一年，沒有任何改變。

◆ 相撲力士的精神

● 每個相撲力士不只是一個運動員，同時是日本文化精髓的體現
　者，肩負著將承載日本文化的相撲運動加以發揚的責任。

● 每次比賽時，參賽力士在角逐前都必須完成一整套儀式，儀式的
　時間甚至要比選手對峙的時間還長。

● 相撲競技的場地被稱為「土俵」，上撒鹽，被認為是聖潔的地
　方，如果在賽場上口出穢語，則是對相撲和觀眾大不敬。

股四

塵

鹽撒

刀手

切仕

踞蹲

圖片來源／達志影像

3-6 日本的詩歌

俳句 ▶▶

俳句，由 5、7、5 三句共 17 音所組成，是日本獨有的文學。 俳句中一定要含有表達季節感單字的「季語」。

- 從 15 世紀的「連歌」發展起，在之後的江戶時代發展成「俳諧」，最後演變成現在的「俳句」。

- 「季語」：讓人聯想到四季的單字。
  春季（1、2、3 月）；夏天（4、5、6 月）；秋季（7、8、9 月）；冬天（10、11、12 月）。

  圖片來源／達志影像

  例如：日本への　夢を叶える　櫻道
  　　　前往日本的　將夢想實現　櫻花的道路

川柳 ▶▶

川柳的特徵是：使用富含幽默感的單字，到了中世紀成為了諷刺的內容。使用 5、7、5 三句 17 音所組成。

- 以和一般平民生活中有密切相關的物品及人物為題目，使用每個都很容易琅琅上口的口語體。不像俳句一般使用「季語」。

  例如：台日の　絆深める　好試合　（WBCの野球の試合）
  　　　震災の　復興支えた　台湾国

  台日的羈絆加深好比賽

  賑災的復興支援　台灣國

3-7 日本的居酒屋

日本的居酒屋 いざかや ▶▶

居酒屋是提供酒及簡單下酒菜的餐飲店。起源於江戶時代，原本是販賣酒的酒店（酒販店），後來也可以在居酒屋喝酒。到了現代，逐漸演變成提供簡單料理的餐飲店。

◆ 居酒屋的種類

● 烤雞肉串店（焼き鳥屋）

主要提供的料理是烤雞肉串，店裡面就有放置烤雞肉串的機器，以在客人的面前燒烤居多。

● 關東煮店（おでん屋）

主要提供的料理是關東煮。並非只有以店舖的方式經營，也常可以看到以路邊攤的方式經營。

● 內臟類燒烤店（ホルモン屋）

在燒烤店之中也有以居酒屋形式營業的店家。像這種店家之中偶而會有提供以內臟類燒烤為主的店家。

● 大阪燒店（お好み焼）

同時掛出大阪燒的看板，及啤酒看板，而營業時間則從傍晚開始至深夜的店家。這通常是以提供酒類為主的店家，而非大阪燒店喔。所以大家到日本旅遊時，要好好看仔細。

- **爐端燒烤店（炉端焼き）**

　　在店內設置大型爐子，販售由爐子所燒烤出的料理的店。這種店就稱為「爐端燒烤店」。在爐端燒烤店裡，為了越過爐子端出料理，會使用類似大型飯杓形狀的特殊道具

- **小料理店（小料理屋）**

　　1 人或是 2 人左右的少人數所經營的店，店面本身沒有很大間（很多是只有吧檯座位）。特別是以功夫菜為主的店家多半會使用小料理店這個名稱。

- **啤酒店（ビアホール）**

　　飲料中主要是以提供啤酒為目的，所以稱為啤酒店。大多比一般的居酒屋更加開放，也有在戶外營業的。在戶外營業的我們稱為「啤酒花園」（ビアガーデン），在日本較常見。

◆ 菜單（定番メニュー）

❶ 酒類

- 日本酒
- 啤酒（ビール）
- 氣泡酒（チューハイ）
  （類似氣泡水果酒，會在燒酒中加入碳酸水稀釋。）
- 芋頭燒酒（芋焼酎）、麥燒酒（麦焼酎）、米燒酒（米焼酎）、蕎麥燒酒（そば焼酎）、黑糖燒酒（黒糖焼酎）
- 葡萄酒（ワイン）
- 威士忌（ウイスキー）
- High ball（ハイボール）（在威士忌中加入碳酸水稀釋，並放入冰塊。）

❷ 料理

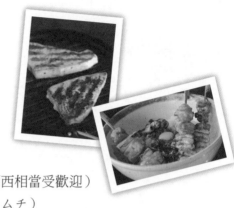

- 關東煮（おでん）
- 烤雞肉串（焼き鳥）
- 冷豆腐（冷や奴）
- 毛豆（枝豆）
- 生魚片（刺身）
- 炸雞肉塊（唐揚げ）
- 味噌燒（どて焼き）（在關西相當受歡迎）
- 醃漬物（漬物）、泡菜（キムチ）
- 乾燒小吃（乾きもの）（例如花枝絲等等（裂き烏賊など））
- 鹽漬花枝內臟（塩辛）
- 海鮮沙拉（海鮮サラダ）
- 腸類（もつ內臟類（ホルモン））料理（燉煮大腸（もつ煮込み）、醋味大腸（酢もつ）、燒烤內臟（ホルモン焼き）、大腸鍋（もつ鍋）等等料理
- 豬腳（豚足）
- 高湯玉子燒（だし巻き卵）
- 烤鮭魚（焼きほっけ）、烤鮭魚（焼きしゃけ）
- 天婦羅（てんぷら）
- 茶泡飯（お茶漬け）

Chapter 4

前進日本基礎會話

現在大家都熟悉了 50 音以後，再練習一些簡單的句型與會話，就能準備前進日本了！目前只需先認識簡單的句型、學習基本概念，文法之後會再有更精闢的解說。

寒暄用語 ◀)87

1. 早安
（說明： 一大早道早安；也可以當作一天中第一次見面時的招呼
語。）
A：おはようございます。　**B**：おはようございます。

2. 晚安！
（說明： 睡覺前道晚安。）
A：おやすみなさい。　**B**：おやすみなさい。

3. 你好！
（說明： 與人碰面時，依時間點不同，有不同說法。）

（白天問候語）
A：こんにちは。　**B**：こんにちは。

（晚上問候語）
A：こんばんは。　**B**：こんばんは。

（初次見面的問候語）
はじめまして。

4. 道別

（再見）
A：さようなら。　**B**：さようなら。

（請保重）
お元気で。
（說明： 多用於離別場合，下次見面時間不確定。）

5. 道謝

A：ありがとうございます。（謝謝。）
B：いいえ、どういたしまして。（不客氣。）

6. 道歉

すみません。（不好意思。）相當於英文的 Excuse me.
ごめんなさい。（抱歉。）相當於英文的 I'm sorry.

7. 出門與回家的問候語（也適用於機場）

　　① 出門時（出國時）

　　　A：いってきます。（我走了。）
　　　B：いってらっしゃい。（路上小心。）

　　② 回家時（回國時）

　　　A：ただいま。（我回來了。）
　　　B：お帰りなさい。（歡迎回來。）

8. 用餐時

　　① いただきます。（開動了。）
　　② ごちそうさまでした。（我吃飽了。）

9. 歡迎光臨

いらっしゃいませ。
（說明：商家歡迎客人到來時使用。）

10. 麻煩你了

お願いします。
（說明：請求別人時的用語。）

自我介紹 🔊 88

A は B です。（A 是 B。）

国名・地名 から来_きました。（我來自〈國家・地名〉。）

會話

初_{はじ}めまして<初次見面，你好！>

陳_{ちん}：はじめまして。私_{わたし}は陳_{ちん}です。大学一年生_{だいがくいちねんせい}です。台湾人_{たいわんじん}です。高雄_{たかお}から来_きました。どうぞよろしくお願_{ねが}いします。

（初次見面，你好！我姓陳。大學一年級的學生。台灣人。我來自高雄。請多多指教。）

野田_{のだ}：はじめまして、野田_{のだ}です。大学三年生_{だいがくさんねんせい}です。大阪_{おおさか}から来_きました。こちらこそ、よろしくお願_{ねが}いします。

（初次見面，你好！我是野田。大學三年級的學生。我來自大阪。彼此彼此，也請你多多指教。）

◆ 單字練習

日本語の漢字	平仮名	中国語翻訳
陳	ちん	陳（台灣姓氏）
野田	のだ	野田（日本姓氏）

大学	だいがく	大學
一年生	いちねんせい	一年級學生
三年生	さんねんせい	三年級學生
台湾	たいわん	台灣
台湾人	たいわんじん	台灣人
日本	にほん	日本
日本人	にほんじん	日本人

延伸學習

句型：A は B ですか。（A 是 B 嗎？）

失礼ですが、お名前は？（不好意思，請問您的名字是？）

說明 1： 「A は B ですか。」的句型中，儘管是疑問句，也請用句號「。」結尾。

說明 2： 日文句子中，不常出現「？」。而「AはBですか。」的句型中，說話者與聽話者都有默契知道「Bですか」是指什麼的場合，可以省略「Bですか」簡單問「Aは」，然後用問號結尾。如下「Aは？」。

舉例來說「お名前は？」（請問您的名字是？），其實就是「お名前は何ですか。」的省略，而說話者與聽話者都知道省略了「何ですか。」一般就簡單說「お名前

　　は？」就可以了。這也可以適用在詢問對方工作、夢
　　想、嗜好、國籍、出身地等等。如下例示。

1. お名前_{なまえ}は何_{なん}ですか。→お名前_{なまえ}は？

例：**A**：失礼_{しつれい}ですが、お名前_{なまえ}は？
　　　　（不好意思，請問您的名字是？）

　　B：野田_{のだ}です。（我叫野田。）

2. お仕事_{しごと}は何_{なん}ですか。→お仕事_{しごと}は？（您的工作是什麼？）

例：**A**：失礼_{しつれい}ですが、お仕事_{しごと}は？
　　　　（不好意思，請問您的工作是什麼？）

　　B：日本語_{にほんご}の教師_{きょうし}です。（我是日語老師。）

3. 将来_{しょうらい}の夢_{ゆめ}は何_{なん}ですか。→ 将来_{しょうらい}の夢_{ゆめ}は？
（你將來的夢想是什麼？）

例：**A**：将来_{しょうらい}の夢_{ゆめ}は？（你將來的夢想是什麼？）

　　B：パイロットです。（是飛行員。）

4. 趣味_{しゅみ}は何_{なん}ですか。→ 趣味_{しゅみ}は？（你的嗜好是什麼？）

例：**A**：趣味_{しゅみ}は？（你的嗜好是什麼？）

　　B：山登_{やまのぼ}りです。（登山。）

5. お国はどちらですか。→お国は？（您的國家在哪裡？）

例：**A**：お国は？（您的國家在哪裡？）

　　B：日本です。（在日本。）

6. ご出身はどちらですか。→　ご出身は？
（您的出生地在哪裡？）

例：**A**：ご出身は？（您的出身地在哪裡？）

　　B：愛媛です。（在愛媛。）

說明：　日本人問起「出身」有三個意涵，即指「國家」、「出生地」、「畢業大學」。在國際交流的場合，通常回答「國家」；日本人之間的對話，通常回答「出生地」；在各校校友聯誼會，通常回答「畢業大學」。

◆ 姓氏

　　日本人尊稱別人會在姓氏之後加上「さん」；介紹自己則不加。常見的姓式如下：

台湾人の名前

尹 （いん）	袁 （えん）	宇 （う）	閻 （えん）	王 （おう）	歐 （おう）	汪 （おう）
翁 （おう）	歐陽 （おうよう）	溫 （おん）	何 （か）	柯 （か）	賈 （か）	郝 （かく）
郭 （かく）	甘 （かん）	簡 （かん）	關 （かん）	韓 （かん）	顏 （がん）	魏 （ぎ）
邱 （きゅう）	許 （きょ）	姜 （きょう）	龔 （きょう）	金 （きん）	嚴 （げん）	阮 （げん）

古 (こ)	吳 (ご)	黃 (こう)	洪 (こう)	孔 (こう)	江 (こう)	高 (こう)
侯 (こう)	康 (こう)	齊 (さい)	蔡 (さい)	崔 (さい)	施 (し)	謝 (しゃ)
朱 (しゅ)	周 (しゅう)	鍾 (しょう)	章 (しょう)	蔣 (しょう)	蕭 (しょう)	徐 (じょ)
石 (せき)	薛 (せつ)	詹 (せん)	錢 (せん)	蘇 (そ)	曾 (そう)	宋 (そう)
曹 (そう)	莊 (そう)	孫 (そん)	戴 (たい)	卓 (たく)	趙 (ちょう)	張 (ちょう)
陳 (ちん)	沈 (しん)	丁 (てい)	鄭 (てい)	董 (とう)	鄧 (とう)	湯 (とう)
陶 (とう)	任 (にん)	馬 (ば)	范 (はん)	潘 (はん)	馮 (ひょう)	傅 (ふ)
方 (ほう)	彭 (ほう)	尤 (ゆう)	游 (ゆう)	余 (よ)	葉 (よう)	楊 (よう)
姚 (よう)	羅 (ら)	賴 (らい)	李 (り)	陸 (りく)	劉 (りゅう)	柳 (りゅう)
廖 (りょう)	梁 (りょう)	林 (りん)	連 (れん)	呂 (ろ)	盧 (ろ)	宗 (そう)
杜 (と)	胡 (こ)					

日本人の名前

朝山 (あさやま)	阿部 (あべ)	池田 (いけだ)	石川 (いしかわ)	石田 (いしだ)
伊藤 (いとう)	井上 (いのうえ)	岩城 (いわき)	大嶋 (おおしま)	加藤 (かとう)
木村 (きむら)	小林 (こばやし)	斉藤 (さいとう)	佐々木 (ささき)	佐藤 (さとう)

鈴木 （すずき）	新家 （しんや）	清水 （しみず）	田中 （たなか）	高橋 （たかはし）
中村 （なかむら）	野田 （のだ）	丹羽 （にわ）	長谷川 （はせがわ）	林 （はやし）
藤原 （ふじわら）	松嶋 （まつしま）	松田 （まつだ）	松本 （まつもと）	前田 （まえだ）
森 （もり）	吉田 （よしだ）	渡辺 （わたなべ）	山田 （やまだ）	山本 （やまもと）

◆ 職業

日本語の 漢字	平仮名／ 片仮名	中国語 翻訳	日本語の 漢字	平仮名／ 片仮名	中国語 翻訳
教師	きょうし	教師	会社員	かいしゃいん	公司職員
医者	いしゃ	醫生	看護師	かんごし	護士
弁護士	べんごし	律師	裁判官	さいばんかん	法官
警察官	けいさつかん	警察	俳優	はいゆう	演員
声優	せいゆう	聲優	歌手	かしゅ	歌星
	モデル	模特兒		デザイナー	設計師
	パイロット	飛行員		アナウンサー	主播

◆ 興趣、嗜好

日本語の漢字	平仮名／片仮名	中国語翻訳	日本語の漢字	平仮名／片仮名	中国語翻訳
読書	どくしょ	讀書	漫画	まんが	漫畫
音楽	おんがく	音樂	映画	えいが	電影
旅行	りょこう	旅行	山登り	やまのぼり	登山
買い物	かいもの	購物	占い	うらない	占卜
野球	やきゅう	棒球	剣道	けんどう	劍道
柔道	じゅうどう	柔道		カラオケ	卡拉OK
	アニメ	動漫		ゲーム	遊戲
	ピアノ	鋼琴		バイオリン	小提琴
	サッカー	足球		ゴルフ	高爾夫
	バレーボール	排球		バスケットボール	籃球
	バドミントン	羽球		ジョギング	慢跑

◆ 出身

日本語の漢字	平仮名／片仮名	中国語翻訳	日本語の漢字	平仮名／片仮名	中国語翻訳
東京	とうきょう	東京	京都	きょうと	京都
大阪	おおさか	大阪	奈良	なら	奈良
神戸	こうべ	神戸	名古屋	なごや	名古屋
福岡	ふくおか	福岡	千葉	ちば	千葉

静岡	しずおか	靜岡	茨城	いばらき	茨城
宮崎	みやざき	宮崎	愛媛	えひめ	愛媛

◆ 國家

日本語の漢字	平仮名/片仮名	中国語翻訳	日本語の漢字	平仮名/片仮名	中国語翻訳
日本	にほん	日本	台湾	たいわん	台灣
中国	ちゅうごく	中國	韓国	かんこく	韓國
	ベトナム	越南		タイ	泰國
	インド	印度		インドネシア	印尼
	フィリピン	菲律賓		ミャンマー	緬甸
	スリランカ	斯里蘭卡		ネパール	尼泊爾
	アメリカ	美國		イギリス	英國
	フランス	法國		スペイン	西班牙
	スイス	瑞士		スウェーデン	瑞典
	ノルウェー	挪威		オーストリア	奥地利
	オーストラリア	澳洲		ニュージーランド	紐西蘭
	イタリア	義大利			

你知道嗎？ 關於日本人的姓氏

　　我們在稱呼日本人時，一般是叫他們的姓氏，還是名字呢？在台灣，常常都是叫他人的名字，只有比較不熟的對象，才會稱為～先生或是～小姐。如果在西方國家，我們大多是聽到他們彼此以名字稱呼，例如：David、John、Mary……等等。

　　據說以前日本人是沒有姓氏的，一般人只能擁有名字。到了明治年間為了落實戶口政策才開始允許平民也可以有姓氏。因為必須一戶一姓氏，所以日本人就進入了百家姓的時代。

　　在明治時代以前，只有貴族和大臣可以擁有姓氏，而這些人的全部姓名加起來其實很長，例如：德川家康。他的全名是：德川次郎三郎源朝臣家康。其他貴族的姓氏有：西園寺、道明寺、東十條、九條……等等。因此，從日本人的姓氏是可以解讀到日本人的身分地位。到了一戶一姓的現代，日本人為自己起了各式各樣的姓，而這些姓可能跟地名、職業、商號、宗教信仰、賜姓……相關。例如：住在大片森林周遭，所以將自己的姓取為「大森」，以紀念自己的居住地。還有很多人姓的「田中」，有一說法是：因為住在田中央，所以以此命名。另外，依照居住地區的不同，有可能姓山上、山中、山下。例如：著名的偶像——山下智久。也因為日本人相信萬物皆有靈性，山有山神、河有河神、海有海神……，所以很多姓氏是跟大自然萬物相關的。

　　根據統計全日本的姓氏約有兩萬五千種，其中排名前幾名的有：佐藤、鈴木、高橋、渡邊、田中、伊藤、山本、中村、小林、齋藤。而這麼多的姓雖然漢字讀音相同，日語讀音卻不見得一樣。例如：小林，可以讀成「こばやし」或是「おばやし」；田中的讀音就有：「たなか」、「だなか」或是「でんちゅう」。也因為如

此，日本人在第一次認識他人時，一定會先確認對方姓氏的讀音，通常可以直接詢問本人或是透過名片確認。在他們的名片上，大多會用羅馬字標出自己姓名的讀音。因此，日本社會裡，名片可是宣傳自己以及認識他人相當重要的一項工具呢！如果有機會認識日本人，一定要記得隨身攜帶自己的名片喔！

姓氏有這麼多，那麼名字呢？日本人取名字就跟台灣人一樣，喜愛「菜市仔名」，因此每年日本人都可以排出前幾名最受歡迎名字的排名。所以，台灣老師點名時，通常都叫大家的名字；而日本老師則必須點姓氏了。

名字是對自己的祝福，也是我們給別人的第一印象。因此，有機會認識別人時，我們可以鄭重的跟他人介紹我們自己的名字，所以和日本朋友初次見面時，清楚自信地介紹自己，並牢牢記住對方的名字，尊重自己、尊重他人，是廣結善緣的第一步喔。

4-3 詢問時間 🔊 89

句型

A は B です。【肯定句】 （A 是 B。）

A は B ですか。【疑問句】 （A 是 B 嗎？）

會話

A：今何時ですか。（現在是幾點呢？）

B：今 9 時です。（現在是九點。）

A：東京は今何時ですか。（現在東京是幾點呢？）

B：東京は今午前 10 時です。（東京現在是上午十點。）

A：ロサンゼルスは今何時ですか。（現在洛杉磯是幾點呢？）

B：ロサンゼルスは今午後 7 時です。（洛杉磯現在是晚上七點。）

◆ **單字練習**

日本語の 漢字	平仮名	中国語 翻訳	日本語の 漢字	平仮名	中国語 翻訳
午前	ごぜん	AM，凌晨，上午	午後	ごご	PM，下午，晚上
何時	なんじ	幾點	9 時	くじ	九點

| 10 時 | じゅうじ | 十點 | 7 時 | しちじ | 七點 |
| 東京 | とうきょう | 東京 | | ロサンゼルス | 洛杉磯 |

 單字延伸學習

◆ 町（城市）

日本語の漢字	平仮名 /片仮名	中国語翻訳	日本語の漢字	平仮名 /片仮名	中国語翻訳
大阪	おおさか	大阪	京都	きょうと	京都
奈良	なら	奈良	福岡	ふくおか	福岡
台北	たいぺい	台北	台中	たいちゅう	台中
台南	たいなん	台南	高雄	たかお	高雄
北京	ペキン	北京	上海	シャンハイ	上海
	ソウル	首爾		ニューヨーク	紐約
	ボストン	波士頓		ロンドン	倫敦
	パリ	巴黎		バンコク	曼谷

◆ （時間）（～點～分）

～時（じ）（～點）

日本語の漢字	平仮名 /片仮名	中国語翻訳	日本語の漢字	平仮名 /片仮名	中国語翻訳
1 時	いちじ	一點	2 時	にじ	兩點

3 時	さんじ	三點	4 時	よじ	四點
5 時	ごじ	五點	6 時	ろくじ	六點
7 時	しちじ	七點	8 時	はちじ	八點
9 時	くじ	九點	10 時	じゅうじ	十點
11 時	じゅういちじ	十一點	12 時	じゅうにじ	十二點
何時	なんじ	幾點			

〜分（ふん）（〜分）

日本語の漢字	平仮名	中国語翻訳
1 分	いっぷん	一分
2 分	にふん	二分
3 分	さんぷん	三分
4 分	よんぷん	四分
5 分	ごふん	五分
6 分	ろっぷん	六分
7 分	ななふん	七分
8 分	はっぷん	八分
9 分	きゅうふん	九分
10 分	じゅっぷん / じっぷん	十分
11 分	じゅういっぷん	十一分
12 分	じゅうにふん	十二分

日本語の漢字	平仮名	中国語翻訳
13分	じゅうさんぷん	十三分
14分	じゅうよんぷん	十四分
15分	じゅうごふん	十五分
16分	じゅうろっぷん	十六分
17分	じゅうななふん	十七分
18分	じゅうはっぷん	十八分
19分	じゅうきゅうふん	十九分
20分	にじゅっぷん　にじっぷん	二十分
21分	にじゅういっぷん	二十一分
22分	にじゅうにふん	二十二分
23分	にじゅうさんぷん	二十三分
24分	にじゅうよんぷん	二十四分
25分	にじゅうごふん	二十五分
26分	にじゅうろっぷん	二十六分
27分	にじゅうななふん	二十七分
28分	にじゅうはっぷん	二十八分
29分	にじゅうきゅうふん	二十九分
30分	さんじゅっぷん　さんじっぷん	三十分
31分	さんじゅういっぷん	三十一分
32分	さんじゅうにふん	三十二分

日本語の漢字	平仮名	中国語翻訳
33 分	さんじゅうさんぶん	三十三分
34 分	さんじゅうよんぶん	三十四分
35 分	さんじゅうごふん）	三十五分
36 分	さんじゅうろっぷん	三十六分
37 分	さんじゅうななふん	三十七分
38 分	さんじゅうはっぷん	三十八分
39 分	さんじゅうきゅうふん	三十九分
40 分	よんじゅっぷん / よんじっぷん	四十分
41 分	よんじゅういっぷん	四十一分
42 分	よんじゅうにふん	四十二分
43 分	よんじゅうさんぶん	四十三分
44 分	よんじゅうよんぶん	四十四分
45 分	よんじゅうごふん	四十五分
46 分	よんじゅうろっぷん	四十六分
47 分	よんじゅうななふん	四十七分
48 分	よんじゅうはっぷん	四十八分
49 分	よんじゅうきゅうふん	四十九分
50 分	ごじゅっぷん / ごじっぷん	五十分
51 分	ごじゅういっぷん	五十一分

日本語の漢字	平仮名	中国語翻訳
52 分	ごじゅうにふん	五十二分
53 分	ごじゅうさんぶん	五十三分
54 分	ごじゅうよんぶん	五十四分
55 分	ごじゅうごふん	五十五分
56 分	ごじゅうろっぷん	五十六分
57 分	ごじゅうななふん	五十七分
58 分	ごじゅうはっぷん	五十八分
59 分	ごじゅうきゅうふん	五十九分
何分	なんぷん	幾分

4-4　商店情報　90

句型 ▶▶

【營業時間】

A は B です。【肯定句】（A 是 B。）

A は B ですか。【疑問句】（A 是 B 嗎？）

↓

時間点 から 時間点 まで（從～到～。）

例：

A：大和デパートは何時から何時までですか。

（大和百貨的營業時間是幾點到幾點呢？）

B：午前 11 時から午後 8 時までです。

（早上十一點到晚上八點。）

會話 ▶▶

【營業時間和位置】

A：大和デパートは何時から何時までですか。

（大和百貨的營業時間是幾點到幾點呢？）

B：午前 11 時から午後 8 時までです。

（早上十一點到晚上八點。）

A：最寄り駅はどこですか。

（最近的車站是哪裡呢？）

B： 梅田駅^{うめだえき}です。

（梅田車站。）

A： わかりました。ありがとうございます。

（我了解了。謝謝您。）

◆ 單字練習

日本語の漢字	平仮名	中国語翻訳
最寄り駅 （もよえき）	もよりえき	最近的車站
	どこ	哪裡
梅田駅 （うめだえき）	うめだえき	梅田車站
	わかりました	我了解了
	ありがとうございます。	謝謝您
11時	じゅういちじ	十一點
8時	はちじ	八點

單字延伸學習

◆ 場所

日本語 の漢字	平仮名	中国語 翻訳	日本語 の漢字	平仮名	中国語 翻訳
美術館	びじゅつかん	美術館	郵便局	ゆうびんきょく	郵局
図書館	としょかん	圖書館			

4-5　商品價錢 91

句型

【營業時間】

1. 商品名 はありませんか。（有沒有～？）

使用場合：確認店家是否有販賣此商品。

2. 商品名 を くださ い。（請幫我結帳～。）

使用場合：用於決定購買，請店員結帳時。

會話

店員：いらっしゃいませ。（歡迎光臨。）

桃子：すみません。浴衣はありませんか。

　　　（不好意思，請問有賣浴衣嗎?）

店員：はい、ございます。少々お待ちください。

　　　（有的。請您稍等一下。）

桃子：これはいくらですか。（這是多少錢呢?）

店員：今セール中ですから、2 割引で 5800 円です。

　　　（因為現在折扣中，所以打八折是 5800 日圓。）

桃子：じゃ、それをください。（請幫我結帳。）

◆ 單字練習

日本語の漢字	平仮名 / 片仮名	中国語翻訳
	いらっしゃいませ	歡迎光臨
	すみません	不好意思
浴衣	ゆかた	日本夏季穿的和服
	はい	是的
	ございます	有的
少々	しょうしょう	稍微
お待ちください	おまちください	請您等一下
	これ	這個東西
	いくら	多少錢
2 割引	にわりびき	20%，打八折
セール中	セールちゅう	折扣中
	じゃ	那麼

◆ 商品

日本語の漢字	平仮名 / 片仮名	中国語翻訳	日本語の漢字	平仮名 / 片仮名	中国語翻訳
着物	きもの	和服		シャツ	襯衫
財布	さいふ	錢包		かばん	包包，袋子

日本語の漢字	平仮名 / 片仮名	中国語翻訳	日本語の漢字	平仮名 / 片仮名	中国語翻訳
	ネクタイ	領帶		カメラ	相機
鉛筆	えんぴつ	鉛筆	万年筆	まんねんひつ	鋼筆
	シャープペンシル	自動鉛筆	手帳	てちょう	行事曆 筆記本
	ノート	筆記本	靴	くつ	鞋子
靴下	くつした	襪子		サンドイッチ	三明治
	コーヒー	咖啡	紅茶	こうちゃ	紅茶
抹茶	まっちゃ	抹茶			

◆ 數字

數字	平仮名	數字	平仮名
0	ゼロ / れい	1	いち
2	に	3	さん
4	よん / し	5	ご
6	ろく	7	なな / しち
8	はち	9	きゅう / く
10	じゅう	11	じゅういち
12	じゅうに	13	じゅうさん
14	じゅうよん / じゅうし	15	じゅうご

數字	平仮名	數字	平仮名
16	じゅうろく	17	じゅうなな/じゅうしち
18	じゅうはち	19	じゅうきゅう/じゅうく
20	にじゅう	30	さんじゅう
40	よんじゅう	50	ごじゅう
60	ろくじゅう	70	ななじゅう/しちじゅう
80	はちじゅう	90	きゅうじゅう
100	ひゃく	200	にひゃく
300	さんびゃく	400	よんひゃく
500	ごひゃく	600	ろっぴゃく
700	ななひゃく	800	はっぴゃく
900	きゅうひゃく	1000	せん
2000	にせん	3000	さんぜん
4000	よんせん	5000	ごせん
6000	ろくせん	7000	ななせん
8000	はっせん	9000	きゅうせん
10000	いちまん	100000	じゅうまん
1000000	ひゃくまん	10000000	せんまん
100000000	いちおく		

練習問題

寫出下列數字讀法

1. 1200

_____

2. 3600

_____

3. 4800

_____

4. 16480

_____

5. 38100

_____

6. 163640

_____

◆ 國家錢幣

日本語の漢字	平仮名／片仮名	中国語翻訳	日本語の漢字	平仮名／片仮名	中国語翻訳
円	えん	日幣	元	げん	台幣
	ドル	美金			

◆ 割引

割（わり）→ 十分の一

引（ひき）→ 有「減法、減價」之意。

割引（わりびき）→ 有「折扣」之意。

例如：「1割引」有「減價一成、折扣一成」之意，中文可譯為「打九折」，以下類推。

日本語の漢字	平仮名 / 片仮名	中国語翻訳
1 割引	いちわりびき	10%，折扣一成，打九折
2 割引	にわりびき	20%，折扣兩成，打八折
3 割引	さんわりびき	30%，折扣三成，打七折
4 割引	よんわりびき	40%，折扣四成，打六折
5 割引	ごわりびき	50%，折扣五成，打五折
6 割引	ろくわりびき	60%，折扣六成，打四折
7 割引	ななわりびき	70%，折扣七成，打三折
8 割引	はちわりびき	80%，折扣八成，打兩折
9 割引	きゅうわりびき	90%，折扣九成，打一折

◆ 殺價

安くなりませんか。（可以算便宜一點嗎？）

句型 ▶▶

【點餐及結帳】

1. 名詞 をお願_{ねが}いします。（我要點 ～ ～。麻煩您了。）

使用場合：可以用於點餐時。

2. 名詞 ですね。（確認一下，是 ～ ～。）

使用場合：服務生確認客人點餐內容時。

3. 価格（～円） からお預_{あず}かりします。（收下您支付的～～日圓。）

使用場合：結帳時，服務生收下客人支付的費用時。

【モスで】（在摩斯漢堡速食店）

　　摩斯是桃子最喜歡的速食店。上了一整天課之後，桃子肚子咕嚕咕嚕叫。於是桃子就來到了學校附近的摩斯漢堡店。

▶ 會話1

店員_{てんいん}：いらっしゃいませ。こちらでお召_めし上_あがりですか。

　　（歡迎光臨。請問您是要在店內用餐嗎？）

桃子_{ももこ}：はい、そうです。

　　（是的。）

店員_{てんいん}：ご注文_{ちゅうもん}はどうなさいますか。

　　（請問您要點的餐點是什麼呢？）

桃子：ライスバーガー1つ、りんごパイ1つ、それからウー
　　　ロン茶をお願いします。

（我要點米漢堡一個，蘋果派一個，還有烏龍茶。麻煩
　您了。）

店員：ライスバーガー1つと、りんごパイ1つ、それからウ
　　　ーロン茶ですね。

（我確認一下，您點的餐點是米漢堡
　一個，蘋果派一個，還有烏龍茶？）

桃子：はい。

（是的。）

店員：かしこまりました。ありがとう
　　　ございます。少々お待ちください。

（我了解了。謝謝您。請稍等一下。）

-------------------------（餐點準備中）-------------------------

店員：お待たせしました。お会計は 610 (ろっぴゃくじゅう)
　　　円です。

（讓您久等了。您的餐點是 610 日圓。）

桃子：これでお願いします。

（這就麻煩您了。）

店員：1000 円からお預かりします。390 (さんびゃくきゅう
　　　じゅう) 円のおつりです。ありがとうございました。

（收下您的 1000 日圓。這是找給您的 390 日圓的零
　錢。謝謝您。）

◆ 單字練習

日本語の漢字	平仮名 / 片仮名	中国語翻訳
	こちら	這裡
注文 ご注文	（ちゅうもん） （ごちゅうもん）	點餐 → 您的點餐
	ライスバーガー	米漢堡
	りんごパイ	蘋果派
	アイスウーロン茶	冰烏龍茶
	おつり	找的錢
	わかりました。	我了解了。
	かしこまりました。	我了解了。 →比‘わかりました’更加有禮貌，常用於服務業。
少々お待ちください。	しょうしょうおまちください。	請稍等一下。
お待たせしました。	おまたせしました。	讓您久等了。
	ありがとうございます。	謝謝您。

放暑假了。

　　桃子利用這個假期到關西拜訪正樹。這是抵達大阪的第一天。正樹與桃子好久不見了，於是正樹就帶著桃子到學校附近的居酒屋享用晚餐，聊聊彼此的近況。

會話2

【居酒屋で】（在居酒屋）

店員：いらっしゃいませ。何名様でしょうか。

　　（歡迎光臨。請問有幾位？）

正樹：2人です。

　　（有兩位。）

店員：喫煙席ですか、禁煙席ですか。

　　（要坐吸煙席呢？還是禁煙席呢）

正樹：禁煙席をお願いします。

　　（禁煙席，麻煩您了。）

店員：かしこまりました。少々お待ちください。

　　（了解了。請您稍等一下。）

店員：お待たせしました。こちらへどうぞ。

　　（讓您久等了。這邊請。）

店員：飲み物は何にしますか。

　　（請問您要點的什麼飲料呢？）

正樹：生を2つお願いします。

　　（生啤酒兩杯，麻煩您了。）

店員：生2つですね。かしこまりました。

（生啤酒兩杯。了解了。）

------------------------------ （飲料準備中）------------------------------

店員：お待たせしました。こちらはビールでございます。どうぞ。
料理は何にしますか。

（讓您久等了。這是生啤酒。請享用。請問您要點什麼
料理呢？）

正樹：サラダ、刺身、唐揚げ、焼きそばをお願いします。

（沙拉、生魚片、炸雞塊、炒麵，麻煩您了。）

店員：サラダ、刺身、唐揚げ、焼きそばですね。
かしこまりました。

（您點的餐點是沙拉、生魚片、炸雞塊、
炒麵是這樣嗎？了解了。）

------------------------------ （到收銀台結帳）------------------------------

正樹：お会計をお願いします。

（結帳，麻煩您了。）

店員：かしこりました。少々お待ちください。

（了解了。請您稍等一下。）

店員：お会計は３６００円です。ご一緒でよろしいでしょうか。

（您的消費金額是 3600 日圓。請問兩位要一起付費嗎？）

正樹：一緒でいいです。

（是的，我們要一起付費。）

正樹：これでお願いします。

（這就麻煩您了。）

店員：5000円お預かりします。1400円のお釣りです。

またお待ちしております。ありがとうございました。

（收下您的 5000 日圓。這是找給您的 1400 日圓的零
錢。等待您的再度光臨。謝謝您。）

◆ 單字練習

日本語の漢字	平仮名 / 片仮名	中国語翻訳
何名様	なんめいさま	幾位
2人	ふたり	兩位
喫煙席	きつえんせき	吸煙席
禁煙席	きんえんせき	禁煙席
飲み物	のみもの	飲料
生ビール	なまビール	生啤酒
	サラダ	沙拉
刺身	さしみ	生魚片
唐揚げ	からあげ	日式炸雞塊
焼きそば	やきそば	炒麵
一緒	いっしょ	一起

單字延伸學習

◆ 人数

日本語の漢字	平仮名	日本語の漢字	平仮名
1人	ひとり	2人	ふたり
3人	さんにん	4人	よにん
5人	ごにん	6人	ろくにん
7人	ななにん	8人	はちにん
9人	きゅうにん	10人	じゅうにん

　　在大阪城觀光一整天，桃子覺得腳有點痠，想找一家咖啡廳休息一下，順便整理一下照片，想在 Facebook 打卡。於是走進了大阪城附近的一家咖啡廳。

會話 3

桃子：すみません。こちらには Wi-Fi の環境がありますか。

（不好意思，請問在這裡有無線上網環境設備嗎？）

店員：申し訳ありませんが、当店では Wi-Fi の環境がありません。

（非常抱歉，本店沒有提供。）

桃子：わかりました。

（我了解了。）

260

◆ 單字練習

日本語の漢字	平仮名 /片仮名	中国語翻訳
Wi-Fiの環境	ワイ・ファイのかんきょう	無線上網環境設備
申し訳ありません	もうしわけありません	非常鄭重的道歉，常用於服務業
当店	とうてん	本店

麻煩拍照 93

句型 ▶▶

1. V-て型　くれませんか。（請您幫我做～事，好嗎？）

使用場合：麻煩對方幫自己做～事時。

2. 風景物　を後_{うし}ろに入_いれてくれませんか。

（請您將～風景物當作背景，好嗎？）

使用場合：拍紀念照時，請託拍照者以～風景物當作背景拍攝時。

會話句型 ▶▶

A：～ましょうか。（讓我幫您做～事，好嗎？）

B：はい、お願_{ねが}いします。（好的，麻煩您了。）

使用場合：出於好意，想幫忙對方做～事時。

 不用被文法嚇到，這裡先簡介文法句型，目前只要認識就可以，以後還會有更精闢、完整的解說。

這一天，正樹帶桃子來到大阪城。難得兩個人相聚，他們決定在大阪城拍一張紀念照片。

會話

【大阪城で】写真

正樹：すみません。写真をとってくれませんか。
（不好意思，請您幫我們拍張照好嗎？）

隣の人：いいですよ。（好的！）
縦でとりますか。それとも横でとりますか。
（要拍直式的，還是橫式的呢？）

正樹：縦でお願いします。（麻煩您拍直式的。）
それと、大阪城を後ろに入れてくれませんか。
（然後，請您將大阪城放在我們後面，好嗎？）

ありがとうございます。（謝謝您。）
写真をとりましょうか。
（讓我也來幫您拍照，好嗎？）

隣の人：はい、お願いします。
（好的，麻煩您了。）

◆ 單字練習

日本語の漢字	平仮名 / 片仮名	中国語翻訳
写真	しゃしん	照片
縦	たて	直式
横	よこ	橫式
大阪城	おおさかじょう	大阪城
後ろ	うしろ	後面

4-8 問路 🔊 94

異文化交流

　　日本是交通大國，日本國民的移動方式，多半使用電車、地鐵、公車等大眾捷運系統。到站之後，再步行至目的地，或者輔助腳踏車。

　　所以日文在交通路線方面的單字，和搭乘，或轉乘大眾捷運系統相關的字彙很多。相對於機車使用率高的台灣，呈現出不一樣的風景。

　　所以學習日語，或到日本觀光留學，認識日本各城市的交通路線是非常重要的喔。

句型 ▶▶

A：地名（ちめい）は何線（なにせん）ですか。どうやって行（い）きますか。

（請問一下地名位在哪一條線上？應該如何去呢？）

B：交通路線名（こうつうろせんめい）です。駅名（えきめい）から交通路線名（こうつうろせんめい）に乗（の）って、駅名（えきめい）で降（お）りてください。〜番（ばん）の出口（でぐち）を出（で）て、すぐです。

（在〜線上。從〜車站搭上〜線，然後請在〜站下車。從〜號出口出去，馬上就到了。）

延伸：

【乗り換える場合】需要轉車時的説法

句型

A：<u>地名</u>は何線ですか。どうやって行きますか。

（請問一下地名位在哪一條線上？應該如何去呢？）

B：<u>交通路線名</u>です。<u>駅名</u>から<u>交通路線名</u>に乗って、<u>駅名</u>で<u>交通路線名</u>に乗り換えて、<u>駅名</u>で降りてください。<u>駅名</u>を出て、歩いて**5**分ぐらいです。

（在～線上。從～車站搭上～線之後，在～站轉車，然後請在～站下車。從～車站出去，步行大約 5 分鐘就到了。）

這一天早晨，桃子與正樹相約在大阪城。

這是桃子第一次來大阪，在梅田車站，詢問站員如何前往大阪城。

會話 1

【梅田駅で】

桃 子：すみません。大阪城は何線ですか。どうやって行きますか。

（不好意思，請問一下大阪城位在哪一條線上？應該如何去呢？）

駅の人：谷町線です。東梅田駅から谷町線に乗って、天満橋で降りてください。3 番の出口を出て、すぐです。

（在谷町線上。從東梅田車站搭乘谷町線之後，請在天滿橋車站下車。從 3 號出口出去，馬上就到了。）

桃　子：わかりました。ありがとうございます。

（我了解了。謝謝您。）

◆ 單字練習

日本語の漢字	平仮名／片仮名	中国語翻訳
駅	えき	車站
梅田駅	うめだえき	梅田車站
東梅田駅	ひがしうめだえき	東梅田車站
天満橋駅	てんまばしえき	天滿橋車站
谷町線	たにまちせん	谷町線
出口	でぐち	出口

　　寒假到了。正樹也來到東京拜訪桃子。他們相約在明治神宮。正樹住在現在就讀上智大學的高中同學家。上智大學位在中央線的四谷站附近。

　　這天早晨，正樹出門要到明治神宮找桃子囉～該怎麼去明治神宮呢？？？

會話2

【四ッ谷駅で】

正　樹：すみません。明治神宮は何線ですか。どうやって
　　　　行きますか。

（不好意思，請問一下明治神宮位在哪一條線上？應該
　　如何去呢？）

266

駅の人：山手線です。こちらで中央線に乗って、新宿で
　　　　山手線に乗り換えて、原宿駅で降りてください。
　　　　原宿駅から歩いて5分ぐらいです。

　　　（在山手線上。從四谷車站搭上中央線之後，在新宿車
　　　　站轉搭山手線，然後請在原宿車站下車。從原宿車站
　　　　出去之後步行大約5分鐘就到了。）

◆ 單字練習

日本語 の 漢字	平仮名 / 片仮名	中国語翻訳
	こちら	這裡，比 'ここ' 更有禮貌的說法
明治神宮	めいじじんぐう	明治神宮
四ッ谷駅	よつやえき	四谷車站
新宿駅	しんじゅくえき	新宿車站
原宿駅	はらじゅくえき	原宿車站
中央線	ちゅうおうせん	中央線
山手線	やまてせん	山手線

小註解：山手線やまのてせん，在旅遊會話中，常常可聽到山手線
　　　　やまてせん的用法。

Notes

Appendix

1 簡易日文輸入法

2 平仮名、片仮名的記憶點

附錄 *1* 簡易日文輸入法

　　日文輸入法在學習日文中，是必學的知識。通常在 Windows 作業系統中都附有日文字型，將滑鼠游標移到 Windows 視窗右下角的鍵盤鈕，按右鍵。選擇「設定值」從跳出的視窗之中選擇「新增」，再選擇「日文－鍵盤－Microsoft 輸入法」按確定。選擇「JP（日文字型）」即可開始執行。

平仮名輸入	依照（右頁）仮名及羅馬拼音對照表輸入即可。
片仮名輸入	依照（右頁）仮名及羅馬拼音對照表輸入即可。
漢字輸入	依照（右頁）仮名及羅馬拼音對照表，輸入想輸入之仮名之後，按空白鍵，即會跳出日文漢字視窗，然後選擇即可。
特殊輸入	在特殊輸入的部分，因為有很多例子。下列我們將舉例一些常用之輸入方法。
平仮名變成片仮名	依照（右頁）仮名及羅馬拼音對照表輸入之後，按 F7。
促音的輸入	想輸入促音時，請連續按兩次羅馬拼音。例：がっこう即是按下羅馬拼音 gakkou;きっぷ即是按下羅馬拼音 kippu。
標點符號輸入	除了從符號表選擇之外，也可輸入仮名。如句點可直接輸入仮名（くてん），括弧輸入仮名（かっこ），再按空白鍵做選擇。

◆ 日文輸入對照表

あア	A	すス	SU	のノ	NO	ゆユ	YU
いイ	I	せセ	SE	はハ	HA	よヨ	YO
うウ	U	そソ	SO	ひヒ	HI	らラ	RA
えエ	E	たタ	TA	ふフ	HU	りリ	RI
おオ	O	ちチ	TI	へヘ	HE	るル	RU
かカ	KA	つツ	TU	ほホ	HO	れレ	RE
きキ	KI	てテ	TE	まマ	MA	ろロ	RO
くク	KU	とト	TO	みミ	MI	わワ	WA
けケ	KE	なナ	NA	むム	MU	をヲ	WO
こコ	KO	にニ	NI	めメ	ME	んン	NN
さサ	SA	ぬヌ	NU	もモ	MO		
しシ	SI	ねネ	NE	やヤ	YA		

きゃ	KYA	ちゅ	TYU	びょ	BYO	ヴぃ	VI
きゅ	KYU	ちょ	TYO	ぴゃ	PYA	グァ	GWA
きょ	KYO	ぢゃ	DYA	ぴゅ	PYU	シェ	SHE
ぎゃ	GYA	ぢゅ	DYU	ぴょ	PYO	ジェ	JE
ぎゅ	GYU	ぢょ	DYO	みゃ	MYA	チェ	CHE
ぎょ	GYO	にゃ	NYA	みゅ	MYU	ファ	FA
しゃ	SYA	にゅ	NYU	みょ	MYO	フェ	FE
しゅ	SYU	にょ	NYO	りゃ	RYA	フォ	FO
しょ	SYO	ひゃ	HYA	りゅ	RYU	ティ	THI
じゃ	ZYA	ひゅ	HYU	りょ	RYO	ディ	DHI
じゅ	ZYU	ひょ	HYO	ウィ	WHI		
じょ	ZYO	びゃ	BYA	ウェ	WHE		
ちゃ	TYA	びゅ	BYU	ウォ	WHO		

平仮名、片仮名的記憶點

あ行 ▶▶

◆ 【平仮名】

	中國字源		關聯記憶
あ	a	安	依然保留字源字形，發音也沿自字源。如：【安心（あんしん・a-n-shi-n）、安全（あんぜん・a-n-ze-n）】。
い	i	以	字源簡化，發音也沿自字源。如：【以上（いじょう・i-jyō）、以下（いか・i-ka）】。
う	u	宇	取自字源「宇」上面的蓋子「宀」，發音也沿自字源。如：【宇宙（うちゅう・u-chū）】。
え	e	衣	依然保留字源字形。
お	o	於	「於」河洛語（閩南語）的古音為「o」。

◆ 【片仮名】

	中國字源		關聯記憶
ア	a	阿	取自字源耳朵左上角。
イ	i	伊	看到「イ」，心中想著字源「伊」，就會發音了。
ウ	u	宇	取自字源「宇」上面的蓋子。

| エ | e | 江 | 取右手邊的「工」。東京舊稱是「江戶（えど・e-do）」。日文漢字，在橫書時，會在漢字的上面或是下面，用「平仮名」標示發音，所以心裡想著字源「江」，就能記住「工」。片仮名的發音也與其漢字有相關連性。 |
| オ | o | 於 | 「於」的楷書寫法是「扵」，所以取其左手邊。 |

か行 ▶▶

◆ 【平仮名】

		中國字源	關聯記憶
か	ka	加	字源「加」變圓，右手邊口字邊演化成一點。發音與「加」的河洛語（閩南語）相近。如日本女孩名【美加（みか・mi-ka）、美嘉（みか・mi-ka）】。漢字「嘉」也包含「加」，所以發音一樣。
き	ki	幾	字源「幾」簡化而來。而包含「幾」的漢字，發音也是一樣為「ki」，如【機械（きかい・ki-ka-i）】。
く	ku	久	取字源「久」右手邊。如日本女孩名【久美子（くみこ・ku-mi-ko）】。
け	ke	計	字源「計」演變而來，發音與「計」的河洛語（閩南語）相近。如【計算（けいさん・ke-i-sa-n）】。
こ	ko	己	取字源「己」之上面部分。上面部分「コ」再演化為「こ」。如【自己（じこ・ji-ko）】。

◆ 【片仮名】

		中國字源	關聯記憶
カ	ka	加	取字源「加」的左手邊。
キ	ki	幾	與平仮名「き」一起記憶，簡化為「キ」。
ク	ku	久	字源「久」，右邊「く」為平仮名；左邊「ク」為片仮名。
ケ	ke	介	字源「介」演化而來。如男孩名【大介（だい<u>す</u><u>け</u>・da-i-<u>su</u>-<u>ke</u>）】。
コ	ko	己	取字源「己」之上面部分「コ」。

さ行 ▶▶

◆ 【平仮名】

		中國字源	關聯記憶
さ	sa	左	字源「左」演化而來。如【<u>左</u>右（<u>さ</u>ゆう・<u>sa</u>-yū）】、日本姓氏【<u>佐</u>々木（<u>さ</u>さき・<u>sa</u>-sa-ki）、<u>佐</u>藤（<u>さ</u>とう・<u>sa</u>-tō）】。
し	shi	之	字源「之」演化而來。如日本知名品牌【東<u>芝</u>（とう<u>しば</u>・tō-<u>shi-ba</u>）】。
す	su	寸	字源「寸」演化而來。如耳熟能詳的日本料理代表【寿司（<u>すし</u>・<u>su-shi</u>）】。
せ	se	世	字源「世」演化而來。如【<u>世</u>界（<u>せ</u>かい・<u>se</u>-ka-i）】。
そ	so	曾	字源「曾」演化而來。如【一<u>層</u>（いっ<u>そう</u>・i-s<u>sō</u>）】。

◆ 【片仮名】

		中國字源	關聯記憶
サ	sa	散	取字源「散」左上角。如【<u>散</u>步（<u>さん</u>ぽ・<u>sa-n</u>-po）】。
シ	shi	之	字源「之」演化而來。
ス	su	須	取字源「須」的部分。如日本七福神之一【惠比<u>須</u>（えび<u>す</u>・e-bi-<u>su</u>）】。
セ	se	世	字源「世」演化而來。
ソ	so	曾	取字源「曾」的上方兩撇。

た行 ▶▶

◆ 【平仮名】

		中國字源	關聯記憶
た	ta	太	字源「太」演化而來。如【<u>太</u>陽（<u>た</u>いよう・<u>ta</u>-i-yō）】。
ち	chi	知	字源「知」演化而來。如【<u>知</u>恵（<u>ち</u>え・<u>chi</u>-e）】。
つ	tsu	川	字源「川」演化而來。
て	te	天	字源「天」演化而來。如【<u>天</u>気（<u>てん</u>き・<u>te-n</u>-ki）】。
と	to	止	字源「止」演化而來。如碼頭【波<u>止</u>場（は<u>と</u>ば・ha-<u>to</u>-ba）】

◆ 【片仮名】

		中國字源	關聯記憶
タ	ta	多	取字源「多」中的「タ」。如【多少（<u>た</u>しょう・<u>ta</u>-shō）】。
チ	chi	千	字源「千」演化而來。如東京迪士尼樂園所在地【<u>千</u>葉県（<u>ち</u>ばけん・<u>chi</u>-ba-ke-n）】。
ツ	tsu	川	字源「川」演化而來。
テ	te	天	字源「天」演化而來。
ト	to	止	字源「止」演化而來。

な行 ▶▶

◆ 【平仮名】

		中國字源	關聯記憶
な	na	奈	字源「奈」演化而來。如日本女子名【<u>奈</u>々子（<u>な</u>なこ・<u>na</u>-na-ko）】。
に	ni	仁	字源「仁」演化而來。
ぬ	nu	奴	字源「奴」演化而來。
ね	ne	祢	字源「祢」演化而來。
の	no	乃	字源「乃」演化而來。「の」即中文「的」。因此，我們常常在現代看到許多人以「の」字來表達「的」。

◆【片仮名】

		中國 字源	關聯記憶
ナ	na	奈	取字源「奈」的左上偏旁。
ニ	ni	仁	取字源「仁」的右偏旁。
ヌ	nu	奴	取字源「奴」的右偏旁，注意最後一筆偏短。
ネ	ne	祢	取字源「祢」的左偏旁。
ノ	no	乃	字源「乃」的左偏旁。

は行 ▶▶

◆【平仮名】

		中國 字源	關聯記憶
は	ha	波	字源「波」演化而來。如碼頭【波止場（はとば・ha-to-ba）】。
ひ	hi	比	字源「比」演化而來。如【比較（ひかく・hi-ka-ku）】。
ふ	fu	不	字源「不」演化而來。如【不便（ふべん・fu-be-n）・不思議（ふしぎ・fu-shi-gi）】。
へ	he	部	字源「部」演化而來。如【部屋（へや・he-ya）】。
ほ	ho	保	字源「保」演化而來。如【保護（ほご・ho-go）】。

◆ 【片仮名】

		中國 字源	關聯記憶
ハ	ha	八	字源「八」演化而來。
ヒ	hi	比	取字源「比」的「ヒ」。
フ	fu	不	字源「不」演化而來。
ヘ	he	部	字源「部」演化而來。 ★平仮名與片仮名寫法一樣。
ホ	ho	保	字源「保」演化而來。

ま行 ▶▶

◆ 【平仮名】

		中國 字源	關聯記憶
ま	ma	末	字源「末」演化而來。如【週末（しゅうまつ・shū-ma-tsu）】。
み	mi	美	字源「美」演化而來。如日本女孩名【美夏（みか・mi-ka）・久美子（くみこ・ku-mi-ko）】。
む	mu	武	字源「武」演化而來。
め	me	女	字源「女」演化而來。ㄇㄟㄇㄟ（me-me）是女生，就記起來囉。
も	mo	毛	字源「毛」演化而來。與台語的「毛」發音一樣。

◆【片仮名】

		中國字源	關聯記憶
マ	ma	万	字源「万」演化而來。 【万歳（まんざい・ma-n-za-i）】，片仮名的發音也與其漢字有相關連性。
ミ	mi	三	字源「三」演化而來。 ★「ミ」像貓咪的鬍鬚，發音為貓咪的「咪」。
ム	mu	牟	取字源「牟」上方。
メ	me	女	字源「女」簡化而來。 ★ㄇㄟㄇㄟ（me-me）是女生，就記起來囉。
モ	mo	毛	字源「毛」演化而來。與台語的「毛」發音一樣。

や行 ▶▶

◆【平仮名】

		中國字源	關聯記憶
や	ya	也	字源「也」演化而來。與台語的「也」發音一樣。
ゆ	yu	由	字源「由」演化而來。如【自由（じゆう・ji-yū）】。
よ	yo	與	字源「與」，由其簡寫「与」演化而來。

◆【片仮名】

		中國字源	關聯記憶
ヤ	ya	也	字源「也」演化而來。與台語「也」發音一樣。
ユ	yu	由	字源「由」演化而來。
ヨ	yo	與	字源「與」演化而來。

ら行 ▶▶

◆【平仮名】

		中國字源	關聯記憶
ら	ra	良	字源「良」演化而來。如日本地名【奈良（なら・na-ra）】、【渡良瀬橋（わたらせばし・wa-ta-ra-se-ba-shi）】。
り	ri	利	取字源「利」右手邊，發音也和「利」相近。如利用【利用（りよう・ri-yō）】。
る	ru	留	字源「留」演化而來。如不在家【留守（るす・ru-su）】。
れ	re	礼	字源「礼」演化而來。與台語「礼」發音一樣。如感謝【お礼（おれい・o-rē）】。
ろ	ro	呂	字源「呂」演化而來。如浴池、浴室、澡堂、洗澡【風呂（ふろ・fu-ro）】。

◆【片仮名】

		中國字源	關聯記憶
ラ	ra	良	字源「良」演化而來。
リ	ri	利	取字源「利」右手邊。
ル	ru	流	字源「流」右下部分演化而來。

レ	re	礼	字源「礼」演化而來。與台語「礼」發音一樣。
ロ	ro	呂	取字源「呂」中的「ロ」。

わ行 ▶▶

◆ 【平仮名】

		中國字源	關聯記憶
わ	wa	和	字源「和」演化而來。如【大和（だいわ・da-i-wa）】
を	wo	遠	字源「遠」演化而來。

◆ 【片仮名】

		中國字源	關聯記憶
ワ	wa	和	字源「和」演化而來。
ヲ	wo	乎	字源「乎」演化而來。

鼻音 ▶▶

◆ 【平仮名】

		中國字源	關聯記憶
ん	n	无	字源「无」演化而來。

◆ 【片仮名】

		中國字源	關聯記憶
ン	n	尓	字源「尓」演化而來。

解 答

🌸 小測驗 I（配合第82頁）

一、填出表中的平假名

	a行	ka行	sa行	ta行	na行	ha行	ma行	ya行	ra行	wa行	鼻音
a段	あ	か	さ	た	な	は	ま	や	ら	わ	ん
i 段	い	き	し	ち	に	ひ	み	×	り	×	×
u段	う	く	す	つ	ぬ	ふ	む	ゆ	る	×	×
e段	え	け	せ	て	ね	へ	め	×	れ	×	×
o段	お	こ	そ	と	の	ほ	も	よ	ろ	を	×

二、聽 MP3 寫出平假名 🔊 25

1.	あ	13.	たこ	25.	のり
2.	か	14.	くち	26.	みみ
3.	み	15.	いぬ	27.	もも
4.	お	16.	ねこ	28.	むね
5.	け	17.	とら	29.	よる
6.	ほ	18.	ちえ	30.	うし
7.	せ	19.	はな	31.	くすり
8.	ぐ	20.	へや	32.	きもち
9.	や	21.	すし	33.	にもつ
10.	そ	22.	そら	34.	ひみつ
11.	あい	23.	くり	35.	こころ
12.	かお	24.	にく		

🌸 小測驗 2（配合第92頁）

一、聽 MP3 寫出濁音 🔊 35

1. げんき
2. えがお
3. ねずみ
4. かぜ
5. もみじ
6. うなぎ
7. かぞく
8. てがみ
9. うさぎ
10. こども

🌸 小測驗 3（配合第95頁）

聽 MP3 寫出半濁音 🔊 39

1. えんぴつ
2. しんぱい
3. さんぽ

🌸 小測驗 4（配合第98頁）

聽 MP3 寫出促音 🔊 42

1. にっき
2. きっさてん
3. けっこん

🌸 小測驗 5（配合第102頁）

聽 MP3 寫出長音 🔊 46

1. おかあさん
2. おにいさん
3. かわいい
4. くうき
5. ずつう
6. おねえさん
7. えいご
8. すいえい
9. とけい
10. ほお

🌸 小測驗 6 （配合第107頁）

聽 MP3 寫出拗音 🔊 49

1. ___かしゅ___   4. ___としょかん___
2. ___いしゃ___   5. ___じゅく___
3. ___かいしゃ___

🌸 小測驗 7 （配合第177頁）

一、填出表中的片仮名

	a行	ka行	sa行	ta行	na行	ha行	ma行	ya行	ra行	wa行	鼻音
a段	ア	カ	サ	タ	ナ	ハ	マ	ヤ	ラ	ワ	ン
i 段	イ	キ	シ	チ	ニ	ヒ	ミ	✕	リ	✕	✕
u段	ウ	ク	ス	ツ	ヌ	フ	ム	ユ	ル	✕	✕
e段	エ	ケ	セ	テ	ネ	ヘ	メ	✕	レ	✕	✕
o段	オ	コ	ソ	ト	ノ	ホ	モ	ヨ	ロ	ヲ	✕

二、聽 MP3 寫出片仮名 🔊 63

◆ 清音

1. ___ア___   6. ___ン___
2. ___ミ___   7. ___ソ___
3. ___セ___   8. ___キ___
4. ___チ___   9. ___ヌ___
5. ___ユ___   10. ___ワ___

❀ 小測驗 8（配合第177頁）

聽 **MP3** 寫出片仮名 🔊79

1. アメリカ
2. フランス
3. バナナ
4. ミルク
5. トヨタ

❀ 50 音總複習（配合第181頁〜）

一、平仮名、片仮名練習

A. 填出表中的平仮名

	a行	ka行	sa行	ta行	na行	ha行	ma行	ya行	ra行	wa行	鼻音
a段	あ	か	さ	た	な	は	ま	や	ら	わ	ん
i段	い	き	し	ち	に	ひ	み	×	り	×	×
u段	う	く	す	つ	ぬ	ふ	む	ゆ	る	×	×
e段	え	け	せ	て	ね	へ	め	×	れ	×	×
o段	お	こ	そ	と	の	ほ	も	よ	ろ	を	×

B. 填出表中的片仮名

	a行	ka行	sa行	ta行	na行	ha行	ma行	ya行	ra行	wa行	鼻音
a段	ア	カ	サ	タ	ナ	ハ	マ	ヤ	ラ	ワ	ン
i段	イ	キ	シ	チ	ニ	ヒ	ミ	×	リ	×	×
u段	ウ	ク	ス	ツ	ヌ	フ	ム	ユ	ル	×	×
e段	エ	ケ	セ	テ	ネ	ヘ	メ	×	レ	×	×
o段	オ	コ	ソ	ト	ノ	ホ	モ	ヨ	ロ	ヲ	×

C. 聽 MP3 寫出平仮名 🔊83（配合第182頁）

◆ 清音・鼻音

1. ____ほし____
2. ____いけ____
3. ____うそ____
4. ____たい____
5. ____なつ____
6. ____はる____
7. ____あき____
8. ____ふゆ____
9. ____むし____
10. ____くも____
11. ____さくら____
12. ____おかね____
13. ____すいか____
14. ____さしみ____
15. ____やさい____
16. ____つくえ____
17. ____てんき____

18. ____せかい____
19. ____あたま____
20. ____さいふ____
21. ____ほたる____
22. ____さかな____
23. ____きもの____
24. ____ゆかた____
25. ____たいこ____
26. ____にわとり____
27. ____おんせん____
28. ____ひまわり____
29. ____すきやき____
30. ____はなよめ____
31. ____まねきねこ____
32. ____おてあらい____
33. ____おこのみやき____
34. ____しんかんせん____

◆ 濁音

1. だんご
2. おもいで
3. たべもの
4. だいどころ
5. にほんご

◆ 半濁音

1. でんぱ
2. てんぷら

◆ 促音

1. びっくり
2. さっぽろ

◆ 長音

1. こおり
2. かきごおり
3. おとうさん
4. おとうと
5. がっこう

◆ 拗音

1. おちゃ
2. まっちゃ
3. ひゃっかじてん
4. ゆうびんきょく
5. たっきゅうびん

D. 聽 MP3 寫出片仮名 🔊84（配合第183頁）

1. ア
2. ミ
3. セ
4. チ
5. ユ
6. ン
7. ソ
8. キ
9. ヌ
10. ワ
11. サラダ
12. センター
13. ネクタイ
14. ハンドル
15. アルバム
16. アルバイト
17. レストラン
18. モスバーガー
19. スマートホン
20. コンピューター

二、配合字源找單字 🔊85（配合第184頁）

■ 配合字源寫出空格的平仮名

1. 安心（<u>あ</u>んしん）
2. 以上（<u>い</u>じょう）
3. 宇宙（<u>う</u>ちゅう）
4. 増加（ぞう<u>か</u>）
5. 機会（<u>き</u>かい）
6. 会計（かい<u>けい</u>）
7. 自己紹介（じ<u>こ</u>しょうかい）
8. 散歩（<u>さ</u>んぽ）
9. 寿司（<u>す</u>し）
10. 世界（<u>せ</u>かい）
11. 太陽（<u>た</u>いよう）
12. 知恵（<u>ち</u>え）
13. 天気（<u>て</u>んき）
14. 止まる（<u>と</u>まる）

15. 奈良（<u>なら</u>）
16. 比較（<u>ひ</u>かく）
17. 不便（<u>ふ</u>べん）
18. 部屋（<u>へ</u>や）
19. 保護（<u>ほ</u>ご）
20. 週末（しゅう<u>ま</u>つ）
21. 由来（<u>ゆ</u>らい）
22. 参与（さん<u>よ</u>）
23. 利用（<u>り</u>よう）
24. 留守（<u>る</u>す）
25. お礼（お<u>れ</u>い）
26. お風呂（おふ<u>ろ</u>）
27. 大和（だい<u>わ</u>）

三、平仮名⇆片仮名對照練習（配合第185頁）

A. 看平仮名寫出片仮名

◆ 平仮名 →片仮名

1. あ→ <u>ア</u>
2. そ→ <u>ソ</u>
3. き→ <u>キ</u>

4. せ→ <u>セ</u>
5. つ→ <u>ツ</u>
6. たばこ→ <u>タバコ</u>

B. 看片仮名寫出平仮名

◆ 片仮名→平仮名

1. ナ→　な

2. フ→　ふ

3. ム→　む

4. ラ→　ら

5. メ→　め

6. クルマ→　くるま

四、主題式單字練習 50 音 🔊 86（配合第185頁）

看羅馬拼音寫出單字平仮名、片仮名

A. 四季

◆ 春

1. 桜（sa-ku-ra）
　　　　　さくら

2. 桜前線
　（sa-ku-ra-ze-n-se-n）
　　さくらぜんせん

3. お花見（o-ha-na-mi）
　　　おはなみ

4. お酒（o-sa-ke）
　　　おさけ

5. 団子（da-n-go）
　　　だんご

6. 暖かい（a-ta-ta-ka-i）
　　あたたかい

◆ 夏

1. 海（u-mi）　　うみ

2. 花火（ha-na-bi）
　　　はなび

3. 花火大会（ha-na-bi-ta-i-ka-i）
　　はなびたいかい

4. 浴衣（yu-ka-ta）
　　　ゆかた

5. 鰻（u-na-gi）　うなぎ

6. 氷（kō-ri）　　こおり

7. かき氷（ka-ki-gō-ri）
　　　かきごおり

8. 暑い（a-tsu-i）
　　　あつい

289

◆ 秋

1. 紅葉（mo-mi-ji）
   <u>もみじ</u>

2. 秋刀魚（sa-n-ma）
   <u>さんま</u>

3. 栗（ku-ri）
   <u>くり</u>

4. 柿（ka-ki）
   <u>かき</u>

5. 涼しい（su-zu-shi-i）
   <u>すずしい</u>

◆ 冬

1. 雪（yu-ki）
   <u>ゆき</u>

2. 雪達磨（yu-ki-da-ru-ma）
   <u>ゆきだるま</u>

3. 雪合戦（yu-ki-ga-s-se-n）
   <u>ゆきがっせん</u>

4. 雪祭り（yu-ki-ma-tsu-ri）
   <u>ゆきまつり</u>

5. お鍋（o-na-be）
   <u>おなべ</u>

6. 寒い（sa-mu-i）
   <u>さむい</u>

B. 日本地圖（都道府県→１都１道２府４３県）（配合第186頁）

◆ 清音

1. 大阪（Ō-sa-ka）
   <u>おおさか</u>

2. 福岡（Fu-ku-o-ka）
   <u>ふくおか</u>

3. 広島（Hi-ro-shi-ma）
   <u>ひろしま</u>

4. 青森（A-o-mo-ri）
   <u>あおもり</u>

5. 岡山（O-ka-ya-ma）
   <u>おかやま</u>

6. 熊本（Ku-ma-mo-to）
   <u>くまもと</u>

7. 沖縄（O-ki-na-wa）
   <u>おきなわ</u>

◆ 濁音、半濁音
1. 名古屋（Na-go-ya）
　　なごや
2. 神戸（Kō-be）
　　こうべ
3. 佐賀（Sa-ga）
　　さが
4. 長崎（Na-ga-sa-ki）
　　ながさき
5. 鹿児島（Ka-go-shi-ma）
　　かごしま

◆ 促音
1. 北海道（Ho-k-kai-dō）
　　ほっかいどう
2. 札幌（Sa-p-po-ro）
　　さっぽろ

◆ 拗音
1. 東京（Tō-kyō）
　　とうきょう
2. 京都（Kyō-to）
　　きょうと

C. 日本交通
1. 新幹線（shi-n-ka-n-se-n）
　　しんかんせん
2. 電車（de-n-sha）
　　でんしゃ
3. 地下鉄（chi-ka-te-tsu）
　　ちかてつ
4.（mo-no-rē-ru）（片仮名）
　　モノレール
5.（ba-su）（片仮名）
　　バス
6.（ta-ku-shī）（片仮名）
　　タクシー
7. 飛行機（hi-kō-ki）
　　ひこうき

D. 日本品牌：片仮名練習
1. JR　ジェーアール
2. MOS　モス
3. McDonald (Ma-k-ku)
　 (Ma-ku-do-na-ru-do)
　　マック/マクドナルド
4. 豊田（TOYOTA）
　　トヨタ
5. 本田（HONDA）
　　ホンダ
6. 三菱（MITSUBISHI）
　　ミツビシ
7. 資生堂（SHISEIDO）
　　シセイドウ
8. 植村秀（SHU UEMURA）
　　シュウウエムラ

E. 身體五官

1. 髪（ka-mi）
   ___かみ___

2. 顔（ka-o）
   ___かお___

3. 額（hi-ta-i）
   ___ひたい___

4. 目（me）
   ___め___

5. 耳（mi-mi）
   ___みみ___

6. 手（te）
   ___て___

7. 膝（hi-za）
   ___ひざ___

8. 足（a-shi）
   ___あし___

9. 睫（ma-tsu-ge）
   ___まつげ___

10. 鼻（ha-na）
    ___はな___

11. 頬（hō）
    ___ほお___

12. 口（ku-chi）
    ___くち___

13. 股（mo-mo）
    ___もも___

14. 踵（ka-ka-to）
    ___かかと___

F. 手指

1. 親指（o-ya-yu-bi）
   ___おやゆび___

2. 人差し指（hi-to-sa-shi-yu-bi）
   ___ひとさしゆび___

3. 中指（na-ka-yu-bi）
   ___なかゆび___

4. 薬指（ku-su-ri-yu-bi）
   ___くすりゆび___

5. 小指（ko-yu-bi）
   ___こゆび___

G. 家人〈敬稱·謙稱〉

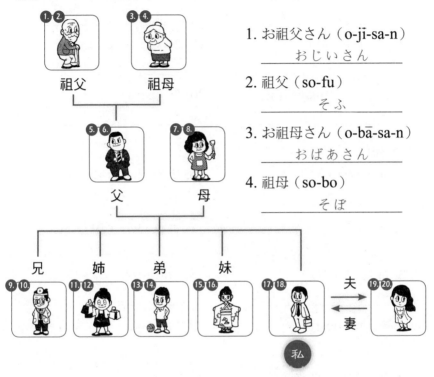

1. お祖父さん（o-jī-sa-n）
   おじいさん

2. 祖父（so-fu）
   そふ

3. お祖母さん（o-bā-sa-n）
   おばあさん

4. 祖母（so-bo）
   そぼ

5. お父さん（o-tō-sa-n）
   おとうさん

6. 父（chi-chi）
   ちち

7. お母さん（o-kā-sa-n）
   おかあさん

8. 母（ha-ha）
   はは

9. お兄さん（o-nī-sa-n）
   おにいさん

10. 兄（a-ni）
    あに

11. お姉さん（o-nē-sa-n）
    おねえさん

12. 姉（a-ne）
    あね

13. 弟さん（o-tō-to-sa-n）
    おとうとさん

14. 弟（o-tō-to）
    おとうと

15. 妹さん（i-mō-to-sa-n）
　　　いもうとさん

16. 妹（i-mō-to）
　　　いもうと

17. ご主人（go-shu-ji-n）
　　　ごしゅじん

18. 夫（o-t-to）
　　　おっと

19. 奥さん（o-ku-sa-n）
　　　おくさん

20. 妻（tsu-ma）
　　　つま

H. 顔色

1. 赤（a-ka）
　　　あか

2. 青（a-o）
　　　あお

3. 黄色（kī-ro）
　　　きいろ

4. 緑（mi-do-ri）
　　　みどり

5. 紫（mu-ra-sa-ki）
　　　むらさき

6. 灰色（ha-i-i-ro）
　　　はいいろ

7. 茶色（cha-i-ro）
　　　ちゃいろ

8. （o-re-n-ji）（片仮名）
　　　オレンジ

9. （pi-n-ku）（片仮名）
　　　ピンク

基礎會話 4-5（配合第252頁）

練習問題

1. せんにひゃく
2. さんぜんろっぴゃく
3. よんせんはっぴゃく
4. いちまんろくせんよんひゃくはちじゅう
5. さんまんはっせんひゃく
6. じゅうろくまんさんぜんろっぴゃくよんじゅう

294

日本語
超越50音・前進N5：從中文字源好好學

2013年9月初版　　　　　　　　　　　　　　　　　　　定價：新臺幣390元
有著作權・翻印必究
Printed in Taiwan.

	著　者　陳　　亭　　如
校對：櫻前線日本語教育文化事業	野　田　陽　生
插畫：高誌陽、桂沐設計事務所、三澤數位文化公司	發行人　林　　載　　爵

出　版　者	聯經出版事業股份有限公司	叢書編輯	李　　　　　瓩
地　　　址	台北市基隆路一段180號4樓	封面設計	高　　誌　　陽
編輯部地址	台北市基隆路一段180號4樓	書　　法	鄒　　恆　　德
叢書主編電話	(02)87876242轉226	內文排版	楊　　佩　　菱
台北聯經書房	台北市新生南路三段94號	錄音後製	純粹錄音後製公司
電　　　話	(02)23620308		
台中分公司	台中市北區健行路321號1樓		
暨門市電話	(04)22371234ext.5		
郵政劃撥帳戶	第0100559-3號		
郵撥電話	(02)23620308		
印　刷　者	文聯彩色製版印刷有限公司		
總　經　銷	聯合發行股份有限公司		
發　行　所	新北市新店區寶橋路235巷6弄6號2樓		
電　　　話	(02)29178022		

行政院新聞局出版事業登記證局版臺業字第0130號

本書如有缺頁，破損，倒裝請寄回台北聯經書房更換。　　ISBN　978-957-08-34254-8 (平裝)
聯經網址：www.linkingbooks.com.tw
電子信箱：linking@udngroup.com

國家圖書館出版品預行編目資料

超越50音・前進N5：從中文字源好好學/
陳亭如、野田陽生著．初版．臺北市．聯經．2013年
9月（民102年）．296面．14.8×21公分（日本語）
ISBN　978-957-08-4254-8（平裝附光碟）

1.日語　2.讀本

803.18　　　　　　　　　　　　　　　　102016211